Protect Me

Band 7

Dean Mason

Allie Kinsley

Bereits erschienen:

Fire&Ice 1 – Ryan Black
Fire&Ice 2 – Tyler Moreno
Fire&Ice 3 – Shane Carter
Fire&Ice 4 – Dario Benson
Fire&Ice 5 – Brandon Hill
Fire&Ice 5.5 – Jack Dessen
Fire&Ice 6 – Chris Turner
Fire&Ice 6.5 – Gregor Zadow
Fire&Ice 7 – Logan Hunter
Fire&Ice 7.5 – Jonas Harper
Fire&Ice 8 – Julien Fox
Fire&Ice 9 – Luce Suarez
Fire&Ice 10 – Joey Parker
Fire&Ice 11 – Matthew Fox
Fire&Ice 12 – Fabio Bellini
Fire&Ice 13 – Alex Altera
Fire&Ice 14 – Taylor Falk

Protect Me – Brian
Protect Me – Ash
Protect Me – Ray
Protect Me – Dante
Protect Me – Chase
Protect Me – Levin
Protect Me – Dean
Protect Me – Thomas (2018)

Sweet like Candy
Divided like Destiny

Yearn for Adam
Yearn for Slade
Yearn for Deacon (2018)

SW Korrekturen e.U., www.swkorrekturen.eu
Cover Foto: bigstockphoto.com,
ID : 55517216, Copyright: Studio10Artur

1 BEDROHUNG

DEAN

"Was muss ich tun, damit deine Frau mir einen Kaffee spendiert?", fragte Chase an Dante gewandt, aber selbst das Grinsen des Sonnyboys wirkte heute nicht halb so ausgelassen wie normal.

"Geh und frag sie selbst. Sie ist so angespannt, dass ich Angst habe, dass sie mich mit einem Bleistift attackiert", antwortete Dante und trank provozierend genüsslich seinen Kaffee.

Dean mochte seine Kollegen. Sie waren zwar allesamt jünger als er mit seinen 33 Jahren, waren in ihrem Job aber trotzdem Vollprofis.

Er hatte vor zehn Jahren angefangen, für JB-Industrials in der Security-Abteilung zu arbeiten.

Damals hatte er oft mit Dario Benson im Team agiert. Seit dieser befördert wurde, wechselten seine Partner ständig.

Wenn er es sich aussuchen könnte, würde er Thomas als neuen Partner wählen. Sie waren beide eher ruhige und durchdachte Typen. Vielleicht lag es am Alter, da Thomas nur zwei Jahre jünger war als er selbst.

"Wie geht es Lexy?", fragte Brian an Ray gewandt. Zwei weitere von Deans geschätzten Kollegen in der Abteilung.

Ray rieb sich angestrengt über das Gesicht. "Du solltest fragen, wie es mir geht. Sie treibt mich in den Wahnsinn, seit sie nicht mehr arbeiten darf. Langeweile und Schwangerschaftshormone … diese Kombination ist tödlich!"

Alle im Raum lachten und konnten sich gut vorstellen, wie ihre ehemalige Kollegin Ray auf Trab hielt.

Das Lachen tat ihnen allen gut. Löste etwas von der Anspannung, die sie alle seit Monaten gefangen hielt.

Vier Wochen war es her, seit Dean seinen Kollegen Levin und dessen Freundin Jana-Ina aus dem Undercover-Einsatz geholt hatte. Levin sollte sich in das Umfeld der Bruderschaft begeben, um Informationen zu sammeln. Die kriminelle Organisation rückte immer weiter in den Fokus der Security-Abteilung.

Ihr gemeinsamer Arbeitgeber JB-Industrials litt unter einer Serie von Anschlägen, deren Spuren Dean und seine Kollegen bereits zu dieser Gruppierung zurückführen konnte. Und genau deswegen war die Stimmung im Team die meiste Zeit über zum Zerreißen gespannt. Jeder Einzelne wollte, dass die Bedrohungen endlich ein Ende nahmen.

Nicht nur die zusätzlichen Schichten zerrten an ihren Nerven. Die Security-Abteilung war ein eingespieltes Team, eine Familie, und niemand wollte, dass einer von ihnen in Gefahr schwebte.

Es war nicht alles gelaufen wie geplant bei Levins Einsatz, aber schlussendlich hatten sie durch Jana-Ina einige Hinweise bekommen.

Sie war die Schwester von Frederico Lorca, dem Hauptverdächtigen in diesem Fall, und konnte der Polizei die entscheidende Spur liefern.

Zusammen mit dem Bostoner Police Department und den Anwälten von JB-Industrials konnten sie Anklage gegen Frederico Lorca erheben.

In der letzten Nacht hatten Levin und Jana-Ina einen wichtigen Hinweis auf Lorcas momentanen Aufenthaltsort bekommen.

Geschlagene acht Stunden hatte der Richter sie auf den Durchsuchungsbefehl für Lorcas Wohnung warten lassen, nachdem die Polizei Frederico selbst nicht angetroffen hatte.

Die Stimmung in der Zentrale des Security-Service von JB-Industrials war zum Zerreisen gespannt, während sie auf die Ergebnisse der Durchsuchung warteten.

Nie zuvor waren sie so nah daran gewesen, diesen Machenschaften ein Ende zu setzen.

Für einen winzigen Augenblick konnte sich die ganze Gruppe entspannen und sich in der Stichelei zwischen Chase und Ray verlieren.

Doch dann, mitten in ihr Lachen hinein, heulte die Sirene auf, die die Personen im Gebäude zur Evakuierung aufforderte.

Das schrille, durchdringende Heulen ging Dean durch Mark und Bein. Wie schon in seiner Zeit bei der Army in schwierigen Situationen wurde sein Puls schlagartig langsamer und alles schien in Zeitlupe abzulaufen. Das Lachen auf den Gesichtern seiner Kollegen verschwand, einige sprangen auf, andere fuhren sich durch die Haare.

Nur Sekunden später betrat ihr Boss Tyler Moreno die Zentrale und brachte alle Teammitglieder auf den neuesten Stand.

Die Polizei hatte in Lorcas Wohnung eindeutig Hinweise auf einen weiteren geplanten Bombenanschlag gefunden. Der Anschlag sollte an diesem Tag bei JB-Industrials in den Archiven stattfinden.

Das Kellerabteil mit den vielen tragenden Elementen der Statik bot ein sehr gefährliches Angriffsziel für das gesamte Bürogebäude.

Dean gefror das Blut in den Adern. An den

richtigen Stellen platziert könnte der gesamte Bürotrakt zum Einsturz gebracht werden. Sie mussten auf jeden Fall verhindern, dass Personen im Gebäude zurückblieben.

Nachdem ihr Boss noch einige letzte Hinweise gegeben hatte, machten sie sich allesamt auf den Weg in die ihnen zugeordneten Gebäudeabschnitte.

Jeder von ihnen kannte seinen Job, wusste, was zu tun war und für welche Bereiche sie verantwortlich waren. Niemand durfte zurückbleiben. Die Security-Abteilung musste dafür Sorge tragen, dass alle Angestellten das Bürogebäude verlassen hatten.

AMELIE

Als die Sirene ertönte, brauchte Amelie einen Moment, um zu verstehen, woher das Geräusch kam. Sie war gerade dabei, einen wichtigen Text vom Diktiergerät abzutippen. Jason Shaw, ihr Boss, hatte ihn ihr vor dreißig Minuten gegeben mit der Bitte … nein, dem Befehl, ihn in einer Stunde fertig zu haben.

Jason war schon immer launisch gewesen. Am einen Tag eitel Sonnenschein, am nächsten mürrisch. Aber seit einem halben Jahr schien es nur noch zwischen mürrisch und äußerst schlecht gelaunt zu schwanken.

Deshalb überlegte sie einen Moment lang, bei Tracy, der Sekretärin der Security-Abteilung, anzurufen. Es wäre so einfach, nachzufragen, ob es sich nur um einen Probealarm handelte, damit sie mit ihrer Arbeit nicht in Verzug kam.

Da sie sich Tracys aufgebrachte Reaktion bereits vorstellen konnte, entschied sie sich, das Büro doch lieber zu räumen, anstatt sich auf eine Konfrontation mit ihr einzulassen.

Tracy war Assistentin durch und durch. Sie hielt sich immer an die Regeln und war perfekt durchorganisiert.

Amelie versuchte, es ihr gleichzutun, aber an Tracys Perfektionismus kam sie einfach nicht ran.

In Momenten wie diesen wünschte sie sich aber, dass Tracy ein wenig lockerer mit allem umgehen würde, dann könnte Amelie sich gegebenenfalls eine Menge Zeit sparen.

Da sie für Auseinandersetzungen aber absolut nichts übrig hatte, beugte sie sich missmutig ihrem Schicksal, entschied sich aber, sicherheitshalber alle Unterlagen mitzunehmen.

So konnte sie zumindest vor dem Gebäude weiterarbeiten, während die Evakuierung geprobt wurde. Sie schaltete das Diktiergerät ab und verstaute es in ihrer Handtasche. Dann sammelte sie den Laptop und ihre handschriftlichen Notizen ein.

Ein Blick nach draußen sagte ihr, dass die meisten Mitarbeiter sich schon vor dem Gebäude sammelten … und im Regen standen. Also machte sie noch einen kleinen Abstecher zu der Garderobe, um ihren Mantel und einen Regenschirm mitzunehmen.

Handtasche, Laptoptasche, Unterlagenmappe und Schirm ließen sich nicht allzu gut handhaben. Unter Anstrengungen schaffte sie es schließlich doch, alles auf ihren hohen Absätzen zum Fahrstuhl zu transportieren … nur um festzustellen, dass dieser wegen des Alarms außer Betrieb war.

Verdammt, verdammt, verdammt!

Allein der Gedanke an die sechs Stockwerke und ihre ohnehin schon schmerzenden Füße in den High Heels ließ sie aufstöhnen.

Mühsam sortierte sie die Taschen in ihren Händen neu und öffnete die Tür zum Treppenhaus.

Die ersten zwei Stockwerke überstand sie unbeschadet. Bei der Hälfte des dritten Stockwerks knickte sie im Sprunggelenk um und konnte sich gerade noch am Treppengeländer festhalten, bevor sie die restlichen Stufen hinabstürzte.

Ihr Knöchel schmerzte sofort höllisch. Ein stechender Schmerz, als würde bei der kleinsten Belastung ein Messer hineingerammt werden. Tränen traten in ihre Augen, doch sie humpelte so gut es ging weiter. Nachdem sie ein weiteres Stockwerk mühsam hinter sich gebracht hatte, hörte sie, wie eine Tür zum Treppenhaus aufging.

Nur Sekunden später tauchte Dean Mason in ihrem Blickfeld auf.

Für gewöhnlich würde sie ihm höflich zunicken und versuchen, so schnell wie möglich aus seiner Reichweite zu kommen.

Etwas an diesem Mann beunruhigte sie. Er war immer so beherrscht, und doch kam es ihr vor, als wäre er nur wie ein Vulkan kurz vor dem Ausbruch. Ihre innere Stimme riet ihr dazu, dann besser nicht in seiner Nähe zu sein. Egal, wie sehr er sie auf der anderen Seite faszinierte.

"Was tun Sie denn noch hier?", fragte er und zog finster seine dunklen, schön geschwungenen Augenbrauen zusammen.

Rein äußerlich wäre Dean genau ihr Typ. Er war über einen Kopf größer als ihre 1,66 Meter, muskulös und auf eine raue Art sexy.

Das dunkelbraune Haar war immer raspelkurz geschnitten und seine braunen Augen blickten stets aufmerksam.

Zu aufmerksam, wie in diesem Moment. "Was schleppen Sie denn da alles mit sich rum? Bei einer Evakuierung müssen Sie alles im Büro lassen! Haben Sie bei der letzten Probe denn nicht aufgepasst?"

Er kam auf sie zu und nahm ihr die Taschen aus der Hand.

Sie war froh, dass er die Fragen wohl rein rhetorisch gemeint hatte, zu einer Antwort fühlte sie sich im Moment nicht in der Lage.

Ihr Fuß tat weh, sie war vom Schleppen außer Atem und der sichtlich wütende Mann vor ihr schüchterte sie ein.

"Los jetzt, das ist kein Probealarm!", knurrte er und packte sie am Ellenbogen und zog sie vorwärts.

Kein Probealarm? Amelies Magen krampfte sich zusammen und alle Farbe wich aus ihrem Gesicht. So schnell sie konnte, humpelte sie neben Dean her. Wenige Schritte zumindest, dann funkelte er sie noch wütender an. "Das kann doch nicht wahr sein!", fluchte er.

Ohne ein weiteres Wort zu sagen, ließ er die Taschen fallen und hob sie auf die Arme. Erschrocken schrie sie auf und schlang automatisch die Arme um seinen Nacken.

Er fluchte leise etwas über sture Frauen und rannte die Stufen hinunter. Sie spürte jeden einzelnen Schritt in ihrem pochenden Knöchel widerhallen. Aber noch deutlicher spürte sie seine starken Arme um ihre Mitte, den festen Griff, mit dem er sie sicher an seine muskulöse Brust gepresst hielt.

Er trug sie, als würde es ihn überhaupt nicht anstrengen, als würde er jeden Tag mit einer Frau im Arm die Treppen hinunterrennen. In diesem Moment kam er ihr ein klein wenig wie ein Ritter in strahlender Rüstung vor. Einer dunklen strahlenden Rüstung, aber immerhin.

Vielleicht hätte sie sich sogar bei ihm bedankt, wenn seine Wut nicht aus allen Poren getropft wäre.

Weitere zwei Stockwerke tiefer trafen sie auf Thomas Baker.

"Oben ist alles leer", sagte Dean, ohne anzuhalten.

"Hier auch. Ich melde es weiter", rief Thomas, der ihnen schnell die Stufen hinunter folgte und dabei undeutlich in sein Headset sprach.

Dann fluchte Thomas so laut, wie sie ihn noch nie hatte fluchen hören. "Wir müssen hier raus! Eine der Kameras hat Lorca im Keller erfasst."

Kalte Angst packte sie. Bislang schien alles so kontrolliert, aber die Panik in Thomas' Stimme brachte sie völlig aus der Fassung. Ihr Herz klopfte wie wild gegen ihren Brustkorb und das Atmen fiel ihr zunehmend schwerer. Was zum Teufel war hier los? Wer war Lorca? Und was hatte er vor?

Thomas stieß die Tür auf, und Dean rannte mit ihr auf den Armen aus dem Gebäude zu der Absperrung, die ein ganzes Stück entfernt war. Der kalte Regen prasselte auf sie nieder, die Strecke schien beinahe endlos.

Die schockierten Gesichter ihrer Kollegen trugen nicht dazu bei, dass sie sich besser fühlte, während jeder einzelne von Deans schnellen Schritte in ihrem Knöchel widerhallte.

Sie klammerte sich fester an Dean und blickte über seine Schulter hinweg zurück zum bereits weit entfernten Gebäude.

Es sah aus wie immer, eigentlich harmlos. In diesem Moment ertönte ein lauter Knall und die Kellerfenster zerbarsten in unzählige Teile. Flammen schossen aus den Rahmen und durch die Gitter der Schächte, leckten stechend hell an den Wänden der Fassade. Sie konnte kaum verstehen, dass das gerade wirklich passierte und dass sie vor wenigen Minuten noch in genau diesem Treppenhaus gewesen war.

Amelies Magen krampfte sich zusammen und sie klammerte sich noch fester an Deans Schultern. Sie weinte nicht, dafür war sie viel zu fassungslos. Eigentlich war es doch ein Tag wie jeder andere.

DEAN

In dem Moment, in dem die Bombe hochging, blieb Deans Herz stehen. Seine Beine nicht. Völlig automatisch rannte er weiter.

Als die befürchtete Druck- und Hitzewelle der Detonation ausblieb und er bei der Absperrung des Gefahrenbereichs ankam, verlangsamte er seine Schritte.

Ein Blick nach links genügte, um zu sehen, dass auch Thomas wohlauf war.

Die Gesichtsfarbe seines Kollegen tendierte in Richtung kalkweiß.

Dann erst spürte er den verzweifelten Griff um seinen Nacken. Er sah hinab auf die Frau, die sich so krampfhaft an ihn klammerte.

Sie hatte die Augen geschlossen und die Lippen zu einem schmalen Strich zusammengepresst.

Lippen, von denen er wusste, dass sie eigentlich voll waren und immer so weich aussahen, als würden sie jeden zu einem Kuss einladen.

Als er ihr Zittern spürte, presste er sie noch fester an sich. Sie wirkte sonst schon immer wie ein verschrecktes Reh, aber in diesem Moment kam sie ihm beinahe winzig in seinen Armen vor.

"Alles okay?", fragte er und bemühte sich dabei um eine sanfte Stimme.

Sie öffnete die Lider. Tränen schwammen in den großen dunkelbraunen Augen. Aber sie nickte tapfer.

Als er unter der Absperrung hindurchschlüpfte, verzog sie schmerzhaft das Gesicht.

Das erinnerte Dean daran, warum er Amelie auf den Armen trug.

Nicht etwa, weil er sie schon immer einmal anfassen wollte, schon immer wissen wollte, ob ihre gold schimmernde Haut genauso weich war, wie sie aussah.

Nein. Er trug sie, weil sie Schmerzen im Bein hatte, da sie nichts Besseres zu tun hatte, als bepackt wie ein Esel auf High Heels die Treppe hinunterstöckeln zu müssen.

Aus irgendeinem Grund machte ihn das unglaublich wütend und er wollte sie am liebsten dafür schütteln.

"Was zum Teufel haben Sie sich dabei gedacht?", knurrte er und sah sich gleichzeitig nach einem Rettungswagen um, bei dem er sie absetzen konnte.

Das Zittern endete augenblicklich und sie wurde ganz starr in seinen Armen.

Seufzend sah er erneut zu ihr hinab. "Es tut mir leid, Sie stehen bestimmt unter Schock."

Aufmunternd drückte er sie an sich. Nur für sie

natürlich, damit es ihr besser ging, keineswegs, weil sie sich so verdammt gut in seinen Armen anfühlte.

Sie war so zart, so zerbrechlich. Ihre Haut war weich wie Samt und sie duftete verführerisch nach süßem Gebäck.

Endlich erspähte er einen Krankenwagen und steuerte zielstrebig darauf zu.

Auch wenn er sie gerne noch Stunden durch die Gegend getragen hätte, was bei ihrem Gewicht und seiner Statur kein Problem gewesen wäre, musste er doch zurück an die Arbeit.

Als er einen der Sanitäter entdeckte, rief er: "Sie hat sich am Knöchel verletzt, können Sie sich das ansehen?"

Der Sanitäter nickte. "Bringen Sie sie hier rein!", rief er und winkte ihn ins Innere des Wagens.

Dean folgte ihm und setzte Amelie widerwillig auf der Trage ab. Wahrscheinlich bildete er sich das nur ein, aber auch sie schien ihre Arme ungern von ihm zu lösen.

Er sah ihr einen Augenblick in die braunen Augen, dann wandte er sich zum Gehen. In diesem Moment griff Amelie nach seiner Hand.

Sofort drehte er sich zu ihr um. Die von dichten Wimpern umrahmten Augen sahen ihn vorsichtig an.

"Danke", sagte sie leise und drückte leicht seine Finger, als würde seine ganze Hand nicht in ihre passen.

Gerne hätte er ihr die dunkelbraunen Locken, die

sich aus ihrem ordentlichen Knoten gelöst hatten, zurückgestrichen.

Aber er tat es nicht. Sie hatte sich nur bedankt, hatte sich wahrscheinlich nur von ihm berühren lassen, weil sie keine andere Wahl gehabt hatte.

Wenn er ihr sonst begegnete, war sie vor ihm auf der Flucht. Und das passierte sehr häufig. Immerhin war er stets gern dazu bereit, die bei allen Kollegen verhassten Immobilienbesichtigungen oder Grundstücksbegehungen zu begleiten. Was natürlich nicht daran lag, dass er dafür in die Immobilienabteilung zu Jason Shaw musste, dessen Assistentin rein zufällig die süße Amelie war.

Er schüttelte den Gedanken ab und sagte: "Gern geschehen." Dann wandte er sich endgültig ab und spürte, wie ihre kleine Hand dabei langsam aus seiner glitt.

In diesem Moment hasste er seinen Job. Jeder andere Kollege hätte einfach bei ihr bleiben können, bis alles vorbei war, aber eben keiner der Buddys.

AMELIE

Der Knöchel war Gott sei Dank nur gezerrt und nicht ernsthaft verletzt. Der Sanitäter hatte ihr einen Stützverband angelegt, dann musste sie den Platz für den nächsten Patienten räumen.

Der Regen hatte weitgehend aufgehört. So wurde sie zumindest nicht klatschnass, während sie auf der

Bank vor dem JB-Industrials-Gebäude saß und darauf wartete, dass sie endlich wieder hineindurfte.

Missmutig starrte sie auf die Plastiktüte, die die Sanitäter um ihren Fuß gewickelt hatten, damit der Verband nicht nass wurde.

In ihren Schuh wäre sie damit niemals gekommen.

"Was tun Sie noch hier?" Deans dunkle Stimme ließ sie sofort aufblicken.

Er sah nicht mehr ganz so wütend aus, eher ein wenig abgekämpft. Tief in ihr regte sich das Bedürfnis, sich noch einmal an diese breite Brust zu schmiegen. Würde er nicht reden und nicht immer so verdammt grimmig gucken, wäre er ein durchaus attraktiver Mann.

Sie mochte seine breite Statur, die ihr im Moment das Gefühl von absoluter Sicherheit gab. Seine Gesichtszüge wären gleichmäßig und schön, wenn er nicht ständig so zornig dreinsehen würde.

Er hatte dunkle Augen, eine gerade Nase und ein kantiges Kiefer. Die dunkelbraunen Haare waren stets nur wenige Millimeter lang, als würde er sie jede Woche schneiden.

Amelie war immer der Meinung gewesen, dass den wenigsten Männern Anzüge standen. Aber an Dean wirkten sie perfekt. Als wäre sein muskulöser Körper nur dafür geschaffen, in so einen Anzug zu passen.

Wieder gab er dieses genervte Seufzen von sich und setzte sich dann neben ihr auf die Bank.

"Bekomme ich jemals eine Antwort von Ihnen?",

fragte er dann, stützte die Unterarme auf den Knien ab und lehnte sich dabei nach vorn.

Erst in diesem Moment fiel ihr auf, dass sie sich wieder einmal in ihren Gedanken verloren hatte. Eine Spezialität von ihr. Sie kam vom Hundertsten ins Tausendste, bis das Gespräch schon wieder an einer ganz anderen Stelle war.

"Entschuldigung. Ich … warte darauf, dass ich wieder ins Gebäude kann."

Dean wandte ihr den Blick zu und verengte die Augen zu schmalen Schlitzen.

"Haben Sie die Durchsage nicht gehört? Das Gebäude bleibt geschlossen, bis die Spezialeinheiten der Polizei alles durchsucht haben und der Schaden am Fundament von einem Statiker überprüft worden ist. Frühestens morgen Abend, eher übermorgen", sagte er.

Gequält schloss Amelie die Augen.

Sie hatte keine Ahnung, was sie nun tun sollte. "Kann ich nach drinnen und ein paar Sachen holen?", fragte sie.

Das Geräusch, das er diesmal von sich gab, kam einem Knurren sehr nahe. "Hören Sie irgendwann zu? Es könnten noch weitere Bomben im Gebäude sein, und dazu könnte es einstürzen, wenn wichtige statische Elemente beschädigt wurden!"

Er hatte recht, es war nicht die klügste aller Fragen gewesen, allerdings stellte sie diese Tatsache vor ziemlich große Probleme.

"Dürfte ich Ihr Handy benutzen?", fragte sie, verzweifelt nach einer Lösung suchend.

Seine Augen waren noch immer zu Schlitzen verengt, aber er reichte es ihr.

Schnell wählte sie Jasons Nummer und betete um einen guten Tag.

"Shaw." Die Stimme klang barsch. Amelie musste sich zusammenreißen, um nicht sofort wieder aufzulegen und auf einen besseren Zeitpunkt zu warten.

"Mr. Shaw, Amelie hier", sagte sie leise.

"Gott sei Dank! Amelie, ich habe mir solche Sorgen um Sie gemacht! Wo zum Teufel stecken Sie? Ich konnte Sie nicht erreichen!", sagte Jason aufgebracht.

"Ja, es tut mir sehr leid, ich weiß, ich hätte das Diktat schon abgeben müssen."

Sie wusste noch nicht so recht, wie sie ihm beibringen sollte, dass sie frühestens morgen Abend wieder ins Gebäude konnte.

"Das ist doch völlig egal. Arbeit ist nicht das Wichtigste im Leben!" Verwirrt hielt sie sich das Telefon ein Stück weg vom Ohr und starrte darauf. War das wirklich ihr Boss, der sie in den letzten Monaten immer nur angeblafft hatte?

"Ich befürchte, ich komme vor morgen Abend nicht ins Gebäude. Ich habe alle Unterlagen, mein Blackberry und den Laptop im Treppenhaus verloren."

Sie bemerkte, wie Dean neben ihr ungeduldig wurde. Wahrscheinlich musste er schon lange wieder weg und sie blockierte sein Handy.

"Das ist überhaupt kein Problem. Alle Mitarbeiter sind bis auf Weiteres freigestellt. Ich melde mich irgendwie bei Ihnen, wenn ich irgendwo ein Blackberry für Sie aufgetrieben habe, damit ich Sie erreichen kann. Verdammt … wie denn …" Jason klang mehr ratlos als verärgert.

Er verabschiedete sich knapp, dann legte sie auf und reichte Dean das Handy, der sie wieder einmal finster anstarrte.

"Was?", fragte sie unsicher.

"Ist das Ihr Ernst?" Wieder dieser Knurrton, der ihr eindeutig unheimlich war.

"Was ist mein Ernst?", fragte Amelie daraufhin noch vorsichtiger.

"Sie sitzen hier, klatschnass, mit einem verletzten Knöchel, evakuiert aus einem Gebäude, in dem eine Bombe explodiert ist, und Sie machen sich Gedanken über den Abgabetermin Ihres Diktats?"

Er klang wirklich verdammt wütend, was Amelie dann doch die Sprache verschlug.

"Was hätte ich denn sonst tun sollen?", fragte sie, nachdem er sie einfach nur auffordernd anstarrte.

"Jemanden anrufen, der Sie abholt und nach Hause bringt?" Das rief Amelie ein weiteres, ziemlich gravierendes Problem ins Gedächtnis. Sie ließ den Blick zum Gebäude schweifen.

Nicht nur hatte sie niemanden, den sie anrufen könnte, da sie weder Familie noch Freunde – von Tracy einmal abgesehen – in der Stadt hatte, das größere Problem lag momentan darin, dass ihre Wohnung im JB-Industrials-Gebäude lag.

Vor drei Monaten hatte sie ihre alte Wohnung aufgeben müssen, da das Gebäude abgerissen worden war. Da sie bislang keine bezahlbare neue Wohnung hatte finden können, hatte Jason ihr eine Übergangswohnung in der Firma besorgt.

Der gesamte Ostflügel des Gebäudes bestand aus Mitarbeiterwohnungen. Sie waren teuer und wurden deshalb meist nur von der Management-Ebene genutzt, aber Jason hatte ihr für die Übergangszeit ein sehr gutes Angebot unterbreitet.

"Amelie …"

Dean klang ungeduldig, und ihr fiel auf, dass sie ihm schon wieder eine Antwort schuldig geblieben war. Langsam musste er sie wirklich für dumm halten.

"Na ja … ich wohne hier", sagte sie schließlich und versuchte es mit einem unsicheren Lächeln, damit er sie nicht zusätzlich noch unhöflich finden konnte.

Er schloss fast schon gequält die Augen. "Freunde?"

"In Seattle." Seine Miene wurde noch ein klein wenig wütender.

"Dann sollten Sie sich ein Taxi rufen und in ein Hotel fahren. Sie können ja kaum auf dieser Bank sitzen bleiben und darauf warten, dass man Sie wieder hineinlässt."

Sie hatte noch nicht wirklich darüber nachgedacht, was sie als Nächstes tun sollte. Taxi und Hotel hörten sich prinzipiell nach einem guten Plan an.

"Meine Handtasche liegt im Treppenhaus", überlegte sie laut. In ihr waren sowohl ihre Ausweispapiere als auch ihre Geldbörse.

Der Mann neben ihr schwieg so beharrlich, dass sie sich nicht sicher war, ob sie in sein Gesicht sehen wollte.

Dort konnte alles stehen, von Konzentration, über Wut, bis hin zu Fassungslosigkeit. Wobei sie die Wut am schlechtesten ertragen würde.

"Amelie …" Sein Ton war abwartend, und sie wusste genau, dass er wollte, dass sie ihn ansah.

Nachdem sie ein letztes Mal tief durchgeatmet hatte, überwand sie sich schließlich dazu.

"Ja?", fragte sie möglichst unschuldig.

"Was genau hatten Sie vor?"

"Na ja … ich dachte, ich könnte einfach hier warten und dann, sobald ich wieder ins Gebäude könnte, das Diktat …"

Das unwillige Geräusch, das ihm entschlüpfte, unterbrach ihre Antwort.

"Das wird nicht passieren. Entweder Sie sagen mir, wohin ich Sie bringen kann, damit Sie die Nacht dort verbringen können, oder Sie können mein Gästezimmer haben."

Er klang beinahe besorgt, was ihr ein Lächeln entlockte. Bislang hatte sie ihn immer nur als einen knallharten, meist schlecht gelaunten Mann in Erinnerung gehabt. Das hier war eine völlig neue Seite an ihm.

Sie überlegte, bei wem sie sich über Nacht einquartieren konnte. Sie kannte nur Tracy wirklich. Vielleicht noch Jason, aber das kam bei Gott nicht infrage.

"Haben Sie Tracys Nummer?", fragte sie.

"Nein, aber Dantes", gab er zurück und wählte bereits die Nummer, ehe er ihr das Telefon reichte.

"Dean? Alles okay?", fragte Dante, als er das Gespräch annahm.

"Hallo, Dante, ich bin's, Amelie", sagte sie lächelnd. Seit sie Dante durch Tracy näher kennengelernt hatte, mochte sie ihn sehr gern. Er war ruhig, dabei aber immer freundlich und zuvorkommend.

"Amelie? Was machst du mit Deans Handy?"

"Ich habe meine Handtasche im … Gebäude gelassen. Ich wollte gern Tracy sprechen."

"Kann sie dich zurückrufen? Sie zeigt Kelly und ihrem Mann gerade das Gästezimmer. Sie übernachten bei uns, bis der Gebäudeteil wieder frei geworden ist." Amelie musste sich zusammenreißen, die Schultern nicht fallen zu lassen.

"Ach, nein, dann braucht sie mich nicht zurückzurufen. Vielen Dank."

"Ähm … okay?"

Amelie verabschiedete sich von Dante und gab Dean das Handy zurück.

"Irgendwie habe ich den Teil verpasst, in dem Sie nach einem Schlafplatz gefragt haben", sagte Dean mit wirklich finster zusammengezogenen Augenbrauen.

Später würde sie es auf den Stress schieben oder darauf, dass Dean sie ständig behandelte, als wäre sie ein kleines Kind. Sie antwortete leicht schnippisch: "Könnte sein, dass Sie es nicht mitbekommen haben, weil ich nicht danach gefragt habe." Dann zupfte sie beschäftigt an ihrem Rocksaum.

Sie konnte sich nicht daran erinnern, wann sie das letzte Mal jemanden so scharf angesprochen hatte.

Statt zu antworten, wählte Dante erneut eine Nummer auf seinem Handy.

"Hey, Dean."

Erschrocken sah Amelie auf.

"Nein, alles okay. Amelie hat angerufen, um zu fragen, ob sie bei euch übernachten kann." Dean runzelte die Stirn.

"Nein, nein, kein Problem. Dann nehme ich sie einfach mit zu mir."

Fassungslos starrte sie Dean mit offenem Mund an. Er konnte doch nicht einfach so über ihren Kopf hinweg entscheiden … auch wenn sie im Moment keine Alternative hatte.

Ein Hotel kam eigentlich nicht infrage, da es im

Budget einfach nicht drin war und sie keine Ahnung hatte, inwiefern sie die Kosten erstattet bekommen würde.

"Oh, hey, Tracy. Ja, warte einen Moment." Dean streckte ihr auffordernd das Telefon entgegen.

Sie bemühte sich, ihre Empörung und ihre Wut in ihren Gesichtsausdruck zu legen, als sie das Handy entgegennahm.

Leider war er absolut unbeeindruckt von ihrem Gebaren.

"Amelie? Es tut mir so leid … Hätte ich gewusst, dass du einen Platz zum Schlafen brauchst, hätte ich ihn dir natürlich zuerst angeboten!"

Tracy klang außer sich. Genau das, was sie vermeiden wollte, indem sie Dante den wahren Grund ihres Anrufs verschwiegen hatte.

"Kein Problem, Tracy, wirklich, ich finde eine Alternative."

"Du hast doch schon eine", sagte Tracy.

Sie traute sich nicht, zu Dean aufzusehen, während sie nach unverfänglichen Worten suchte, die Tracy klarmachen würden, dass das nicht infrage kam. Doch Tracy fuhr schon fort. "Und Amelie …" Amelie war sich bei diesem Ton ziemlich sicher, dass sie nicht hören wollte, was Tracy zu sagen hatte. Dennoch konnte sie die nächsten Worte nicht verhindern. "Dean ist ein guter Mann. Du kannst ihm vertrauen."

Amelie wusste, dass Tracy das niemals leichtfertig sagen würde und vor allem niemals jemandem leichtfertig vertraute. Unsicher sah sie zu Dean auf. Im Moment war er ihre einzige Lösung. Tracy wusste, wohin sie gehen würde, und riet ihr sogar dazu. "Okay …"

"Ich würde mich wohler fühlen, wenn ich wüsste, dass Dean auf dich aufpasst", setzte Tracy noch hinzu.

Das ließ Amelie hart schlucken. "Ich frage ihn", bestätigte sie und versuchte sich an einem Lächeln in Deans Richtung. Dieser sah ein klein wenig verwirrt aus. Hatte sie ihn etwa noch nie angelächelt? Könnte durchaus sein …

Die meiste Zeit war er ihr einfach nur unheimlich, und sie versuchte immer, so schnell wie möglich aus seinem Blickfeld zu kommen.

Nachdem sie sich von Tracy verabschiedet hatte, atmete sie tief durch.

"Steht Ihr Angebot mit dem Gästezimmer noch?"

Zögerlich nickte er. "Natürlich." Er stand auf und streckte ihr eine Hand entgegen.

Sie nicht anzunehmen, wäre unhöflich gewesen. Das war der einzige Grund, warum Amelie sich erst von ihm aufhelfen ließ und es anschließend zuließ, dass er sie stützte.

Zumindest redete sie sich das ein.

2 MITBEWOHNER

DEAN

Der Schlüssel bereits im Schloss seiner Wohnungstür steckend, war er sich auf einmal nicht mehr so sicher, ob es eine gute Idee gewesen war, Amelie sein Gästezimmer anzubieten.

In dem Moment auf der Parkbank war sein einziger Gedanke, dass sie an einem sicheren Ort übernachten musste.

Nun, da sie jeden Moment über seine Schwelle treten würde, wurde ihm klar, dass seine absolut unangebrachte Obsession, die er ihr gegenüber an den Tag legte, dadurch nicht besser werden würde.

Aber das Kind war schon in den Brunnen gefallen.

Er konnte sie ja schlecht wieder ausladen. Am

besten noch mit der Begründung, dass sie sowieso schon Tag und Nacht durch seinen Kopf spukte.

Kopfschüttelnd schloss er die Tür auf und bedeutete ihr mit einer Handbewegung, hineinzugehen.

Sie schlüpfte an ihm vorbei, peinlich genau darauf bedacht, ihn nicht zu berühren. Was eine ziemliche Leistung war angesichts der Tatsache, dass er über die Hälfte des Türrahmens einnahm.

Vieles an ihr faszinierte ihn. Er wollte wissen, wer sie war, warum sie ihm aus dem Weg ging und was in ihrem Kopf herumspukte, wenn sie ihre kleine Nase auf diese ganz besondere Weise krauszog.

Er wollte wissen, worüber sie nachdachte, wenn sie ihm wieder einmal keine Antwort gab, dafür tief in Gedanken versunken zu sein schien.

Tracy hatte ihm verraten, dass sie keine Beziehung hatte. Warum, das verstand er nicht. Alles an Amelie war fesselnd und machte ihn unglaublich neugierig.

Ihn, der sonst immer alles pragmatisch anging, der kein Interesse an komplizierten Beziehungen hatte und von seinem Gegenüber immer ein direktes Feedback forderte.

Was zum Teufel war es also, was ihn an Amelie so anzog?

Ihr süßes Äußeres hatte ihm auf den ersten Blick gefallen.

Sofort hatte er gewusst, dass sie sich wunderbar in seinen Armen anfühlen würde.

Das war vor drei langen Jahren gewesen, heute hatte er das erste Mal die Gelegenheit dazu gehabt, seine Vorstellung zu testen, und seine Vermutung hatte sich bestätigt. Sie passte perfekt in seine Arme. Er würde sie Ewigkeiten im Stehen vögeln können, ohne dass es wirklich anstrengend wurde.

Schnell verbot er sich den Gedanken und folgte ihr ins Wohnzimmer.

Seit drei langen Jahren versuchte er mit ihr ins Gespräch zu kommen, bisher mit eher mäßigem Erfolg. Und nun, da er sie endlich für sich hatte und sie keine Chance hatte, von ihm davonzulaufen, wusste er nicht, was er sagen sollte.

Eigentlich genügte es ihm vollkommen, sie dabei zu beobachten, wie sie seine Wohnung inspizierte.

"Sie haben eine sehr schöne Wohnung", sagte sie, nachdem sie sich im Wohnzimmer mit der integrierten Küche umgesehen hatte.

Die Wohnung war eher schlicht, voll praktischer und günstiger Ikea-Möbel, ohne jegliche Deko oder Farbakzente. Dean konnte sich nicht vorstellen, was genau sie daran schön fand.

Ohne auf ihren Kommentar einzugehen, deutete er auf die Türen zu seiner Rechten.

"Die linke Tür geht zu Ihrem Schlafzimmer. Im Kleiderschrank finden Sie Damenbekleidung, die Sie sich ausleihen können." Er bemerkte, wie sie, neugierig geworden, den Kopf leicht schräg legte, aber er ignorierte diese stumme Frage.

"Die mittlere Tür geht zu einem Badezimmer, leider kann ich Ihnen kein separates anbieten. Die Tür rechts gehört zu meinem Schlafzimmer, wenn Sie etwas brauchen, klopfen Sie einfach."

Als Amelie genickt hatte, ging er in die Küche und suchte im Geiste nach einem Thema, über das er sich mit ihr unterhalten konnte.

Wie immer, wenn er seine Gedanken zur Ruhe bringen musste, begann er zu kochen. Vielleicht würde ihm dann etwas einfallen, was er sagen konnte, damit sie mit ihm sprach.

AMELIE

Fasziniert beobachtete sie Dean dabei, wie er Gemüse und Kartoffeln schnitt, Fleisch briet und alles zusammen in eine Auflaufform gab.

Sie hatte sich auf einen kleinen Barhocker gesetzt und ihn studiert.

Trotz seiner breiten Schultern und seiner brummigen Art fand sie ihn nach diesem ereignisreichen Tag nicht mehr halb so unheimlich wie zuvor.

Er hatte ihr das Leben gerettet, sich um sie gekümmert und dafür gesorgt, dass sie ein Dach über dem Kopf hatte.

Nach all den Strapazen stellte er sich jetzt sogar noch in die Küche und kochte etwas zum Abendessen.

Amelie war sich nicht sicher, wann sie sich das letzte Mal so umsorgt gefühlt hatte.

Nach zwanzig Minuten schien er mit seiner Arbeit fertig zu sein und drehte sich langsam zu ihr um.

Er überkreuzte die muskulösen Arme vor seiner Brust und musterte sie eingehend.

Sie beschwor sich selbst, nicht gleich wieder vor ihm davonzulaufen. Er hatte ihr nie ein Haar gekrümmt, hatte sie noch nicht einmal scharf angesprochen.

Dafür, dass er so Furcht einflößend aussah und von Haus aus brummig zu sein schien, konnte er schließlich nichts.

"Vielen Dank für alles, Dean. Ich weiß das wirklich sehr zu schätzen", sagte sie so ruhig wie möglich, konnte ein leichtes Zittern ihrer Stimme aber nicht verbergen.

Ein winziges Lächeln umspielte seine Mundwinkel. Sie hatte ihn noch nie lächeln sehen, aber es stand ihm definitiv.

Es machte ihn irgendwie ein klein wenig menschlicher.

"Sehr gern, Amelie. Jederzeit wieder."

Das Schweigen, das daraufhin folgte, war ein bisschen unangenehm. Zumindest kam es ihr so vor. Mit der Zeit gewöhnte sie sich aber an seine ruhige Art, beobachtete ihn nur dabei, wie er den Tisch deckte, Getränke bereitstellte und schließlich das Essen aus dem Ofen holte.

Der Auflauf war extrem lecker und Amelie konnte ein verzücktes Seufzen nicht unterdrücken.

Daraufhin lächelte Dean wirklich. Das erste Lächeln, das seine Augen erreichte und gleichzeitig ihren Magen. Das Kribbeln, das sein Lächeln ausgelöst hatte, war absolut unangebracht. Sie konnte sich aber nicht davon abhalten, dass sie sein Lächeln erwiderte.

"Danke", sagte er rau, nachdem sie den Blick gesenkt hatte. "Ich freue mich, dass es Ihnen so gut schmeckt."

Sie spürte, dass ihre Wangen rot wurden, und war mehr als nur froh, als die Mahlzeit endlich ein Ende fand und sie sich in Deans Gästezimmer zurückziehen konnte.

Sie bot ihm an, ihm zu helfen, aber er lehnte dankend ab. Satt und zufrieden ging sie in das Zimmer, das Dean ihr zugewiesen hatte. Es war gerade groß genug für ein Doppelbett, Nachttischchen, die gegenüber von der Tür unter dem Fenster standen.

Links vom Eingang erstreckte sich die ganze Wand entlang ein großer Kleiderschrank. Ansonsten war das Zimmer leer. Sogar die weißen Wände waren ohne ein Bild.

Neugierig geworden lief sie über den dunklen Holzboden hinüber zum Kleiderschrank. Die großen Schiebetüren öffneten sich geräuschlos und gaben eine Menge Klamotten frei.

Zu gern hätte sie ihn gefragt, wem all die Kleidungsstücke für Frauen in diesem Schrank gehörten, aber sie konnte sich nicht dazu überwinden, zurück ins Wohnzimmer zu gehen.

Also zog sie sich nur ein großes Shirt an, das oben lag, und kuschelte sich unter die weiche Bettdecke des Doppelbetts. Es war sehr weich und wirklich bequem. Es roch frisch, nach Waschmittel. Genau so, wie Dean gerochen hatte, als sie an seine Brust gepresst aus dem Gebäude getragen wurde.

Dieser Tag war mehr, als sie verkraften konnte. So richtig konnte sie noch immer nicht begreifen, was da eigentlich passiert war. Eine Bombe an ihrem Arbeitsplatz war irgendwie nicht real.

Emotional erschöpft rollte sie sich auf der Seite zusammen. Sie musste schlafen, ihrem Kopf die Chance geben, das Erlebte zu verarbeiten.

Sobald sie die Augen schloss, sah sie wieder und wieder die gleichen Bilder. Dean, wie er sie zornig ansah, wie er sie auf den Arm nahm und scheinbar mit Leichtigkeit die Treppen hinuntertrug. Und dann war da dieser Moment, in dem sie über seine Schulter hinweg zurück zum Gebäude sah und zusehen musste, wie die Fenster zerbarsten und die Flammen aus dem Inneren quollen.

Schnell verdrängte sie die Gedanken. Sie war zu erschöpft, um sich noch weiter damit zu befassen. Sie dachte wieder an Dean, wie gut es sich angefühlt hatte, von ihm getragen zu werden, weil sie selbst nicht laufen konnte. Ihr Knöchel pochte noch immer, dennoch fiel es ihr leicht, einzuschlafen.

Leider Gottes war es nicht eine dieser wunderbaren traumlosen Nächte, sondern eine nicht enden wollende Dauerschleife von Dean-Aufnahmen des vergangenen Tages.

3 LÄNGERFRISTIG

DEAN

An Schlaf war in dieser Nacht nicht wirklich zu denken gewesen. Seine Gedanken hatten sich die ganze Zeit nur darum gedreht, dass die Frau, die ihn schon so lange faszinierte, in seiner Wohnung schlief.

Vor etwa einer halben Stunde hatte er gehört, dass sie unter die Dusche gegangen war. Seitdem saß er auf der Bettkante, den Kopf in die Hände gestützt, und versuchte sich selbst davon abzuhalten, darüber nachzudenken, wie sie in seiner Dusche aussah. Endlich hörte er das Öffnen der Badezimmertür und kurz darauf, wie die Tür zu ihrem Zimmer geschlossen wurde.

Dean sprang auf und eilte unter die Dusche.

Eine kalte … eiskalte Dusche, um sowohl seine Gedanken als auch seinen Schwanz wieder unter Kontrolle zu bekommen.

Vor Amelie mit einer Morgenlatte aufzutauchen war wohl so ziemlich das Letzte, das er tun sollte.

Das eiskalte Wasser verfehlte seine Wirkung nicht, und Dean schaffte es endlich wieder, einen vernünftigen Gedanken zu fassen.

Er musste bei Dario, seinem Vorgesetzten, anrufen und sich erkundigen, wie das weitere Vorgehen war, ob das Gebäude wieder freigegeben wurde und was sie anhand der Spuren herausgefunden hatten.

Zufrieden mit dieser Herangehensweise stellte er die Dusche ab und rubbelte sich trocken. Dann schlang er sich wie jeden Tag das Handtuch um die Hüften und ging in die Küche, um sich einen Kaffee zu machen.

Vom Wohnzimmertisch schnappte er sich sein Handy und wählte Darios Nummer, während er die Tasse unter den Kaffeevollautomaten stellte.

"Benson?"

"Guten Morgen. Dean hier. Wie sieht es aus?", fragte Dean etwas lauter, da die Bohnen soeben frisch gemahlen wurden.

"Mittelmäßig. Der Bürotrakt wurde freigegeben, konkrete Lagebesprechung um neun Uhr im Besprechungsraum eins, Security-Service."

"Werde da sein."

Dario verabschiedete sich und Dean legte auf. Dann nahm er seinen Kaffee und drehte sich um.

Vor Schreck hätte er sich den heißen Kaffee beinahe über den Bauch geschüttet, als er Amelie auf einem der Hocker am Küchentresen sitzen sah.

"Guten Morgen", sagte sie und nickte dann in Richtung der Kaffeemaschine. "Kann ich auch einen bekommen?"

Immer noch verdattert, dauerte es einen Moment, bis ihre Worte bei ihm ankamen.

"Ja, sicher", murmelte er dann und drehte sich von ihr weg.

Sie nicht anzusehen, war sowieso der sicherere Weg. Sie hatte die Klamotten vom Vortag angezogen, war aber nicht geschminkt und ihre Haare waren noch nass vom Duschen.

Beinahe augenblicklich wanderten seine Gedanken wieder zu seinen morgendlichen Duschfantasien.

Nur dass er sich diesmal nicht lediglich vorstellte, wie sie unter der Dusche stand, sondern auch, wie er mit unter das Wasser stieg, ihre nassen Strähnen packte und in sie stieß, während …

Stopp! Sofort!, befahl er sich selbst. Ein Blick nach unten ließ ihn aufstöhnen.

Nicht nur, dass er lediglich mit einem Handtuch bekleidet in der Küche stand, sondern auch seine gerade eben mühsam bekämpfte Latte war in Rekordgeschwindigkeit zurückgekehrt. Das stellte ihn vor ein weiteres Problem. Wie sollte er ihr den Kaffee geben, ohne dass sie etwas davon mitbekam?

Während der Kaffee durchlief, versuchte er seine Gedanken auf weniger gefährliches Terrain zu lenken.

"Das Bürogebäude ist freigegeben. Wir können in einer Viertelstunde los, wenn Sie so weit sind", sagte er und ging, den Rücken ihr zugewandt, zum Kühlschrank. "Milch?"

"Gerne", gab sie zurück. "Ich bin fertig. Wir können fahren, sobald Sie so weit sind."

Er blieb einen Moment länger als nötig vor der Kälte stehen und starrte in die toten Augen der Forelle, die in seinem Kühlschrank lag. Als er sich wieder annähernd im Griff hatte, nahm er die Milch heraus, schüttete etwas davon in Amelies Tasse und reichte sie ihr.

Ihren anerkennenden Blick, der über seinen Körper wanderte, konnte er nicht übersehen.

Bevor er etwas tun konnte, was er später bereuen würde, schnappte er sich seine Tasse und verschwand im Schlafzimmer, um sich anzuziehen.

Er wollte nichts lieber, als einfach in ihre Haare zu greifen und seinen Mund auf ihren zu pressen. Diese vollen, so unendlich weich aussehenden, rosa Lippen raubten ihm den Verstand. Vor allem, wenn sie ihn so offen musterte.

AMELIE

Mit geschlossenen Augen atmete sie einmal tief durch. Sie hatte gewusst, dass Dean gut trainiert war, ihn lediglich in ein Handtuch gekleidet zu sehen, hatte sie dennoch erschüttert.

Sowohl sein definierter Rücken als auch der Sixpack ließen ihr Herz schneller schlagen. Der Gedanke, die Konturen der Muskulatur mit ihren Fingern nachzufahren, hatte sie so sehr abgelenkt, dass sie sich Milch bestellt hatte, obwohl sie schwarzen Kaffee bevorzugte.

Angeekelt rümpfte sie die Nase, als sie die hellbraune Flüssigkeit in ihrer Tasse betrachtete.

Sie würde lieber auf Kaffee verzichten, als das hier zu trinken.

Schnell entsorgte sie den Beweis ihrer absolut unangebrachten Begierde in der Spüle und ging dann zur Wohnungstür, um sich ihre Schuhe und den Mantel anzuziehen.

Nur wenige Minuten später kam Dean in dem für die Security-Abteilung üblichen schwarzen Anzug aus seinem Zimmer. Er sah auch darin zum Anbeißen aus, aber jetzt, da sie wusste, was sich darunter versteckte, wanderten ihre Gedanken automatisch unter die Klamotten.

Er steckte Handy und Geldbeutel ein und schnappte sich dann den Autoschlüssel vom Sideboard.

"Bereit?"

Amelie nickte und folgte ihm dann nach draußen.

Die Fahrt über schaffte sie es nicht, ihn einfach zu ignorieren. Ohne ihr bewusstes Zutun beobachtete sie ihn heimlich aus dem Augenwinkel.

Warum genau er sie so sehr faszinierte, wusste sie nicht. Bislang hatte er sie doch auch eher abgeschreckt.

Sie schob es auf die Mischung aus rettender Ritter und Badboy mit Sixpack. Genau, das musste es sein. Warum sonst sollte sie all ihre Prinzipien über den Haufen werfen?

"Amelie?"

"Wie bitte?" Innerlich verdrehte sie über sich selbst die Augen. Wie oft hatte er sie wohl schon angesprochen?

Ein kleines Lächeln zuckte um seine Mundwinkel. Fand er es etwa witzig, dass sie sich die meiste Zeit über so verhielt, als wäre sie nicht ganz so schnell im Kopf?

"Ihre Sachen sind bei Tracy. Wir können sie abholen, bevor ich Sie nach oben bringe."

Sie war durchaus allein dazu in der Lage, vom Untergeschoss in ihr eigenes Büro zu finden. Doch bevor sie antworten konnte, hatte Dean den Wagen bereits geparkt und war ausgestiegen.

Von sich selbst genervt, folgte Amelie dem gut aussehenden Exemplar vor ihr und konnte nicht anders, als seinen Hintern in den gut sitzenden Anzughosen zu begutachten.

"Ja, definitiv immer wieder einen Anblick wert", ertönte eine weibliche Stimme direkt neben Amelie.

Ertappt sah sie auf und spürte gleichzeitig, wie ihre Wangen rot wurden. Die junge Frau in dem perfekt geschnittenen Hosenanzug lächelte sie feixend an.

"Hallo, Anni", sagte Dean.

"Hey, Dean", flötete sie und winkte dann zum Abschied.

Mit noch immer roten Wangen starrte Amelie der schlanken Silhouette hinterher.

"Alles okay?", fragte Dean mit hochgezogenen Augenbrauen.

Sie musste wieder einmal einen ziemlich dämlichen Gesichtsausdruck zur Schau tragen. "Ja, ja, alles okay. Sie kam nur … aus dem Nichts …", stotterte sie.

"Kommt mir bei ihr auch oft so vor. Sie ist eine neue Kollegin. Lexys Nachfolgerin."

Amelie nickte. Der Hosenanzug hätte ihr das eigentlich schon verraten, wenn sie nicht so damit beschäftigt gewesen wäre, sich für ihr Starren auf Deans Hintern zu schämen.

Amelie konnte nur hoffen, dass Anni sie nicht bei Dean verriet.

Dean klopfte an Tracys Bürotür und trat ein. Sie war noch nicht ganz durch die Tür getreten, da hatte Tracy sie auch schon in eine feste Umarmung gezogen.

"Geht es dir gut?", fragte Tracy und sah wirklich besorgt aus.

"Ja, alles bestens. Mein Fuß ziept noch ein bisschen, aber das vergeht von selbst."

Tracy drängte sie zu einem Sofa, dann ging sie zurück zum Schreibtisch und holte die Taschen, die Amelie im Treppenhaus verloren hatte.

"Vielen Dank", sagte Amelie und prüfte sofort ihr Blackberry.

Unzählige entgangene Anrufe, E-Mails und Terminerinnerungen. Allein bei der Vorstellung, was sie alles verpasst hatte, wurde ihr schlecht.

"Amelie?" Deans Stimme erinnerte sie daran, dass er sie in ihr Büro begleiten wollte.

Das war immer noch unnötig, da sie den Weg kannte, aber ihr Gefühl sagte ihr, dass man mit Dean nicht über Dinge zu diskutieren brauchte, die er sich einmal in den Kopf gesetzt hatte.

Deshalb nickte sie nur und stand auf. Sie verabschiedete sich von Tracy und folgte Dean den Gang entlang zum Aufzug. Sehr darauf bedacht, nicht auf seinen Hintern zu starren.

Als die Fahrstuhltüren sich hinter ihnen schlossen, bemerkte Amelie, dass Dean sie erwartungsvoll ansah.

Und wieder eine Frage verpasst, du dumme Ziege!, schalt sie sich selbst.

Da sie sich nicht schon wieder die Blöße geben wollte, nickte sie einfach zustimmend. Dean lächelte. Ob das nun gut war oder nicht, wusste sie nicht, also konzentrierte sie sich sicherheitshalber auf die Stockwerkanzeige. Kurz darauf ertönte schon das Ping und die Türen öffneten sich.

"Dann bis später, Amelie", sagte Dean und lehnte sich gegen die Kabinenwand zurück.

Ja, sie hatte eindeutig irgendetwas verpasst. Sie lächelte nur und sagte ebenfalls: "Bis später, Dean." Dann verließ sie den Aufzug und ging zu ihrem Büro, um sich diesem Horrortag zu stellen.

DEAN

Der Tag war ihm endlos vorgekommen. Nicht nur, weil sich eine Besprechung an die andere gereiht hatte, sondern auch, weil seine Gedanken ständig zu Amelie gewandert waren. Im Fünf-Minuten-Takt hatte er auf die Uhr gesehen, wann es endlich Zeit wurde, sie abzuholen.

Im Laufe des Tages hatte sich herauskristallisiert, dass das Wohngebäude von JB-Industrials noch länger nicht freigegeben werden würde. Die Bombe hat zwei Stahlträger beschädigt. Eine akute Einsturzgefahr bestand zwar nicht, dennoch würde das Gebäude erst wieder vollständig freigegeben werden, wenn alle Mängel beseitigt worden waren.

Den Bewohnern wurden jeweils 15 Minuten in Begleitung des Sicherheitspersonals bewilligt, um sich Kleidung und Hygieneartikel für die kommenden Tage zu holen.

Beinahe wäre er Dario an die Gurgel gegangen, weil dieser ihn nicht für diese Aufgabe eingeteilt hatte. Dabei wollte Dean nichts lieber, als Amelie in ihre Wohnung zu begleiten.

Als Dario endlich den Schichtwechsel ankündigte, eilte Dean zum Aufzug, um Amelie abzuholen.

An ihrem Büro angekommen, späte er durch die offen stehende Tür. Die kleine Elfe schien völlig vertieft in ihre Arbeit. Leise klopfte er an den Türrahmen. Augenblicklich schoss ihr Kopf nach oben. Sie blinzelte zweimal, dann sagte sie: "Hey, was machst du denn hier?"

Dean konnte sich ein Lächeln nicht verkneifen. Zum einen, weil sie schon wieder vergessen zu haben schien, was sie ausgemacht hatten, zum anderen, weil sie so vertieft in ihre Arbeit war, dass sie sogar die förmliche Anrede vergessen hatte.

Aber darauf würde er sie ganz bestimmt nicht hinweisen. Schließlich war jeder noch so kleine Fortschritt wichtig für ihn.

"Wir hatten ausgemacht, dass ich dich abhole, erinnerst du dich?", fragte er und lehnte sich mit der Schulter gegen den Türrahmen.

Nachdenklich legte sie ihre Stirn in Falten, dann schüttelte sie den Kopf.

"Nein, tut mir leid."

Deans Lächeln wurde breiter. Es fühlte sich komisch an. Er konnte sich nicht daran erinnern, wann er das letzte Mal so gelächelt hatte.

"Das Wohngebäude ist noch gesperrt, deshalb wolltest du noch bei mir bleiben", erklärte er ruhig, auch wenn er ihr zugegebenermaßen eher befohlen hatte, bei ihm zu bleiben.

Sein genauer Wortlaut war: "Bis das Gebäude wieder freigegeben wird, bleiben Sie bei mir."

Er konnte sich noch ganz genau daran erinnern, weil er auf die Ansage hin mit Widerstand gerechnet hatte. Doch statt sich über seinen Ton zu beschweren, hatte Amelie nur genickt.

"Oh!", sagte sie und ihre Wangen nahmen einen entzückenden Rotton an. Dann senkte sie den Kopf und ihr Blick glitt hastig über ihren Schreibtisch. "Einen Moment, bitte", sagte sie und drückte dann auf die Gegensprechanlage.

"Ja?" Jasons Stimme klang ruppig.

"Wäre es in Ordnung, wenn ich heute schon Feierabend mache?", fragte Amelie, woraufhin Jason ein unwilliges, aber zustimmendes Brummen von sich gab.

Für den Ton, mit dem er mit Amelie sprach, hätte Dean ihm gern gehörig den Marsch geblasen. Die Art, wie sie die Schultern nach oben zog und die Lippen zusammenkniff, gefiel Dean überhaupt nicht.

"Okay?", fragte Dean.

Damit meinte er nicht nur, ob sie losgehen konnten, sondern auch, ob sie okay war.

Sie schenkte ihm ein dankbares Lächeln, für das

Dean wirklich alles getan hätte, dann packte sie ihre Sachen und folgte ihm hinaus in den Flur.

Der Duft, der in seine Nase stieg, als Amelie ihn passierte, passte nicht richtig. Mit gerunzelter Stirn sah er sie an, während sie eine Reisetasche aus dem Personalraum holte.

"Was?", fragte sie, als Dean ihr die Tasche abnahm.

"Was riecht da so?", fragte er unverblümt. Er konnte seinen Widerwillen gegen diesen völlig falschen Geruch an ihr einfach nicht verbergen.

Amelie runzelte nun ebenfalls die Stirn, dann lächelte sie. "Ah, Tracys Parfüm, das sie mir heute geliehen hat."

"Ich mag es nicht", sagte Dean, legte eine Hand auf Amelies Rücken und schob sie den Gang entlang.

Sie war so beschäftigt damit, seine barschen Worte zu analysieren, dass sie noch nicht einmal mitbekam, dass Dean fast schon den Arm um sie gelegt hatte.

Es gefiel ihm, so mit ihr durch die Firma zu gehen. Vor allem, weil sie vollkommen entspannt dabei wirkte.

Am Auto angekommen öffnete er ihr die Tür und Amelie stieg ein.

Als auch er im Wagen saß, sagte sie: "Ich mag das Parfüm."

Dean lächelte und steuerte den Wagen aus der Tiefgarage. "Ich auch, aber nicht an dir."

Daraufhin schwieg sie wieder, und Dean hätte seinen rechten Arm dafür gegeben, zu erfahren, was gerade in ihrem hübschen Köpfchen vor sich ging.

4 IMMER BESSER

AMELIE

Das Wohngebäude von JB-Industrials wurde auch übers Wochenende hinweg nicht wieder freigegeben. Amelie war mehr als nur froh darüber, dass Dean ihr angeboten hatte, bis auf Weiteres bei ihm wohnen zu können.

Sie verstanden sich erstaunlich gut. Besser, als Amelie es sich jemals hätte vorstellen können. Dean war nicht halb so mürrisch, wie sie immer gedacht hatte. Er war einfach nur ruhig, was eigentlich ganz gut zu ihr passte.

Meist redeten sie nicht viel miteinander. Nur während des Abendessens und des Frühstücks.

Letzteres konnte sie nicht wirklich genießen, da sie jeden Tag Kaffee mit Milch trinken musste, bis Dean endlich in sein Zimmer ging, um sich fertig anzuziehen.

Nur der Anblick seines nackten breiten Rückens, der muskulösen Brust und des definierten Sixpacks konnten dieses schreckliche Gesöff entschädigen.

Amelie biss sich auf die Unterlippe, als sie daran dachte, wie sie diesen erstklassigen Körper jeden Tag bewunderte.

Würde Dean in der Früh auch nur halb so schnell denken wie den Rest des Tages, wäre ihm schon lange aufgefallen, dass ihr täglich beinahe der Sabber aus dem Mund lief bei seinem Anblick.

Nach dem dritten Morgen, an dem Dean noch feucht von der Dusche in die Küche gekommen war, hatte Amelie es nicht mehr ausgehalten und Tracy bei ihrem üblichen Mittagessen von diesem anbetungswürdigen Körper erzählt. Tracy hatte nur gelacht und wissend genickt.

An den Abenden und am Wochenende hatte sich gezeigt, dass Deans und Amelies Interessen ebenfalls ziemlich ähnlich waren.

Bis auf Deans Sporttick, den Amelie absolut nicht teilen konnte.

Sie war ja schon froh, wenn sie sich beim Geradeaus-Laufen kein Bein brach, während Dean scheinbar endlos auf dem Laufband in seinem Wohnzimmer joggte.

Das gleichmäßige Aufschlagen seiner Füße auf dem Band beruhigte sie komischerweise. Solange sie ihn hinter ihrem Rücken rennen hörte, war alles in Ordnung, und sie konnte sich vollkommen entspannen und in ihr Buch vertiefen.

Alles in allem war Dean fast so etwas wie ein Freund für sie geworden.

DEAN

Erschöpft schleppte er sich die Stufen zu seiner Wohnung nach oben. Er war müde von den zermürbenden letzten Tagen und diesem Fall, bei dem sie einfach nicht weiterkamen.

Er war so müde, dass er sich eigentlich nichts sehnlicher wünschte, als sich einfach nur in einen Sessel zu setzen und Amelie beim Lesen zuzusehen. Sie war so wunderschön, so zart, so feinfühlig. Ihre ruhige Art erdete ihn und gab ihm das Gefühl, zur Ruhe kommen zu können.

Leider wusste er nur zu genau, dass er nicht einfach dort sitzen konnte. Sie würde sich unwohl fühlen, wenn er sie beobachtete. Das war das Letzte, was er wollte.

Also würde er auch an diesem Abend auf das verdammte Laufband steigen, das schräg hinter dem Sofa stand, damit er sie in Ruhe betrachten und sich ausmalen konnte, wie es wäre, sie zu berühren, diese weiche Haut zu liebkosen.

"Du siehst müde aus", sagte Amelie, als er spät am Abend seine Wohnung betrat.

Es war schön, dass jemand da war, der auf ihn wartete, jemand, der mit ihm sprach, der ihm zuhörte.

Es war umso schöner, dass dieser jemand Amelie war.

Dean musterte ihr wunderschönes Gesicht. Die zarten Züge zeigten echtes Interesse an dem, was gerade in seinem Leben vor sich ging.

Sie saß in einen Jogginganzug gehüllt auf dem Sofa und las ein Buch. Den Titel konnte er nicht erkennen, aber dem Umschlag nach war es eine Liebesschnulze.

Erst als sie ihr Buch schloss und sich aufrechter hinsetzte, bemerkte er, dass er ihr eine Antwort schuldig geblieben war.

"Eher frustriert als müde", sagte er und setzte sich neben sie aufs Sofa. Nur einen Moment wollte er ihre Nähe genießen. Einfach nur bei ihr sitzen und ihrer Stimme lauschen.

Neugierig legte sie den Kopf ein klein bisschen schräg. "Warum?"

Er wusste nicht, ob er mit ihr darüber sprechen sollte, ob sie stark genug war für die Wahrheit. Aber etwas in ihm wollte ihr unbedingt alles erzählen, was ihn beschäftigte.

"Wir hatten eine heiße Spur zu den Drahtziehern der Anschläge auf JB-Industrials", hörte er sich sagen, ehe er bewusst zu einer Entscheidung gekommen war.

"Frederico Lorca?", fragte Amelie und Dean sah verwundert auf.

"Woher weißt du das?"

Sie zuckte unbekümmert die Schultern. "Der Leitungskreis spricht viel über die Anschläge."

Natürlich, als Jasons Assistentin war sie bei allen Besprechungen anwesend.

"Lorca ist tot", sagte er dann und beobachtete sie genau.

Amelie blinzelte, sagte aber nichts, also fuhr Dean fort. "Die Explosion der Bombe war zu diesem Zeitpunkt wohl nicht geplant gewesen. Lorca ist dabei ums Leben gekommen."

"Und ihr habt eure Spur verloren", schlussfolgerte Amelie.

"Genau. Ich meine, über Jana-Ina haben wir noch ein paar weitere Informationen. Wir kennen Lorcas Kontaktmann in Deutschland, und wir wissen, dass dessen Auftraggeber dort im Gefängnis sitzt, aber mehr leider nicht."

"Ein Auftraggeber in Deutschland?", fragte Amelie nachdenklich.

"Ja, soweit wir wissen, schon." Dean beobachtete ihr Mienenspiel. Es faszinierte ihn, dass er quasi dabei zusehen konnte, wie sie die losen Enden des Falls zusammenführte. Fast so sehr wie das Zucken ihrer niedlichen Nase, während sie nachdachte.

"Die Anschläge sind ausschließlich auf JB-Industrials ausgelegt?"

"Ja, wir wissen von keiner ähnlichen Anschlagsreihe."

Amelie zog die Beine an und stülpte den Hoodie über die Knie.

"JB-Industrials hat keine nennenswerten wirtschaftlichen Kontakte nach Deutschland."

Dean nickte, darüber hatte er sich mit seinen Kollegen natürlich ebenfalls bereits unterhalten.

"Mr. Black und einige seiner Freunde aber sehr wohl", sprach Amelie weiter.

Unsicher, worauf sie hinauswollte, nickte er wieder. Er wollte sie nicht unterbrechen, war viel zu fasziniert von ihrem Anblick und der Art, wie sie gedankenverloren mit ihrem braunen Pferdeschwanz spielte.

"Die Kontakte sind meines Wissens aber auch nicht sehr intensiv", fuhr sie fort.

"Das ist richtig. Einzig die Verbindung zu Alex Altera ist tiefer."

Amelies Blick wanderte zum Fenster, während ihre kleinen, nackten Zehen sich ständig bewegten. Sie hatte süße, kleine Füße. Im Vergleich zu seinen eigenen geradezu winzig.

Würden sie sich näher stehen, könnte er ihre Füße jetzt einfach auf seinen Schoß ziehen, sie streicheln und massieren. Um seine Hände davon abzuhalten, nach ihr zu greifen, verschränkte er die Arme vor der Brust und verbarg seine Finger in seinen Achseln.

"Es könnte natürlich auch sein, dass mit dem

Anschlag gar nicht Mr. Black oder Mr. Carter getroffen werden sollen, sondern vielmehr deren Familien. Die haben sehr wohl engere Kontakte nach Deutschland."

Dean nickte abwesend. Er war viel zu sehr damit beschäftigt, sich darüber zu ärgern, dass er bei Amelie, genauso wie bei diesem Fall, einfach nicht weiterkam.

Sosehr sie sich in den vergangenen Tagen auch nähergekommen waren, es schien, als würde Amelie ihn überhaupt nicht wirklich wahrnehmen. Als würde sie niemals den Mann in ihm sehen, sondern immer nur einen Menschen, mit dem sie momentan seine Wohnung teilte.

"Dieser Typ … ach, wie hieß er noch? Du weißt schon, der Mrs. Black damals entführt hat", murmelte sie und zog ihre Arme durch die Ärmel ebenfalls ins Innere des Hoodies.

Wie gern würde er seine Hände auch darunter schieben. Er wollte sie anfassen, ihren Körper erkunden, wissen, wie sich ihre Haut anfühlte, und die zarten Rundungen mit seinen Fingern nachfahren.

"Robert", antwortete Dean abwesend, völlig darauf konzentriert, eine Lösung für sein Problem mit Amelie zu finden.

"Ja, genau!", rief sie aus. "Dieser Robert, ist der nicht wegen der Entführung in Deutschland ins Gefängnis gekommen?"

Dean blinzelte verwirrt.

Sie hatte recht. Sie hatte verdammt noch mal recht!

Abrupt sprang er auf und deutete mit einem Finger auf sie. "Du, liebste Amelie, bist die genialste Frau der Welt!"

Ehe er noch einmal darüber nachdenken konnte, packte er ihr Gesicht mit beiden Händen und küsste sie mitten auf den Mund. Ihre Lippen waren warm, unglaublich weich und noch viel besser, als er es sich die letzten eintausend Mal vorgestellt hatte. Er wollte mehr von ihr, wollte wissen, wie sie schmeckte, und konnte ein Aufstöhnen gerade noch unterdrücken.

Sie war wie erstarrt unter seinem Kuss, was Dean wieder in Erinnerung rief, dass er sie eigentlich nicht einfach so küssen durfte, dass dieser Vorstoß so überhaupt nicht in seinen Plan der sanften Verführung passte.

Deshalb war er mehr als froh, dass er eine Ausrede hatte, die Wohnung sofort verlassen zu müssen, auch wenn er sie lieber noch viel länger küssen wollte.

"Danke", sagte er, als er den Kuss unterbrach.

Ihre Augen waren riesig, als sie ihn stumm anstarrte. *So groß, so schön. Mein Gott, diese Frau treibt mich restlos in den Wahnsinn.*

"Ich muss noch mal ins Büro. Danke, Amelie", sagte er, drehte auf dem Absatz um und stürmte aus der Wohnung.

Er war froh, dass er gehen konnte, obwohl er so viel lieber geblieben wäre. Ihre Lippen waren so weich, so warm, so anschmiegsam. Die Haut ihrer

Wangen hatte sich wie Samt unter seinen rauen Händen angefühlt.

Er wollte mehr davon, brauchte mehr davon, wollte alles. Sie machte süchtig und jede Minute, die er länger auf sie warten musste, machte es für ihn unerträglicher.

AMELIE

Vollkommen überrumpelt saß sie auf dem Sofa. Arme und Beine immer noch in dem Hoody vergraben.

Deans Kuss kam so überraschend, dass sie überhaupt nicht reagieren konnte. Um genau zu sein, wusste sie noch nicht einmal jetzt, wie sie reagieren hätte sollen.

Auch wenn Dean ihr in den letzten Tagen sympathisch geworden war … ja beinahe ein Freund, war es doch immer noch Dean.

Der Mann, der ihr von je her unheimlich gewesen war. Dean, mit dem grimmigen, entschlossenen Gesichtsausdruck, der so viel mehr Mann war, als sie handeln konnte.

Sein Kuss war so völlig anders, als sie ihn jemals erwartet hätte.

Warme, weiche Lippen, eine Berührung voller Übermut und Lebensfreude.

Vielleicht interpretierte sie aber auch viel zu viel hinein. Vielleicht hatte Dean sich mit diesem Kuss nur bei ihr bedankt und es würde nie wieder vorkommen.

Das wäre verdammt schade!

Über ihren eigenen Gedanken erschrocken stand sie auf und flüchtete in ihr Schlafzimmer. Deans Gästezimmer.

Ein Zimmer, das voll mit Frauenkleidern war. Vielleicht hatte Dean sogar eine Freundin? Warum sonst waren da all diese Klamotten?

Frustriert über ihren eigenen Gedankenwirrwarr und absolut unschlüssig, was sie überhaupt wollte, warf sie sich in ihr Bett und zog sich die Decke über den Kopf.

Vielleicht würde sie morgen wieder klarer denken können.

DEAN

Noch auf dem Weg zu JB-Industrials hatte Dean zuerst Dario, dann Ash informiert.

Die meisten der Führungsriege und die komplette Night-Security hatten sich im Besprechungsraum der Sicherheitsabteilung versammelt.

Dean hatte allen Anwesenden berichtet, was Amelie ihm gesagt hatte, und alle waren sich einig, dass das die richtige Spur war.

"Was uns fehlt, sind eindeutige Beweise. Aber die Behörden werden die Spur so oder so nachverfolgen", sagte Tyler Moreno in diesem Moment.

Dean war nur noch mit halbem Ohr bei der Sache. Seine Gedanken waren bei Amelie und diesem winzigen, aber umso berauschenderen Kuss.

Schon so lange hatte er sich diesen Moment vorgestellt und nun hatte er sich quasi selbst überrumpelt.

Vielleicht war sein Unterbewusstsein auch einfach das Warten leid gewesen.

Eine Hand, die sich auf seine Schulter legte, riss ihn aus seinen Gedanken. "Danke, Dean. Das war großartig. Dadurch, dass Robert so weit weg ist und die ganze Geschichte mit Sky und ihm schon so lange zurückliegt, hat keiner von uns mehr an ihn gedacht", sagte Dario.

Dean hob die Hände zu einer abwehrenden Geste. "Das ist nicht mein Verdienst. Amelie hat diese Schlussfolgerung gezogen."

"Amelie?", fragte Dario mit gerunzelter Stirn.

"Jason Shaws Sekretärin."

Dario nickte langsam, als würde er sich nur vage erinnern.

"Woher kennst du sie?"

Vor seinem alten Freund war es ihm aus irgendeinem Grund unangenehm, über Amelie zu reden. Sie gehörte ihm allein … auch wenn sie es noch nicht wusste. Er wollte nicht, dass Dario oder sonst irgendjemand auch nur über sie nachdachte.

"Sie wohnt bei mir", sagte er und zog sich seine Jacke über.

"Ich dachte, Lindsey wohnt bei dir?"

Darüber wollte Dean noch viel weniger sprechen. "Im Moment nicht", sagte er knapp und wandte sich ab.

"Meinst du, das alles ist eine gute Idee?", rief Dario ihm hinterher.

Das wusste Dean nicht, aber er würde Amelie nicht mehr aufgeben, nicht jetzt, wo er seinem Ziel endlich so nahe war.

"Wer weiß", antwortete er deshalb nur und machte sich auf den Weg nach Hause.

5 UND JETZT?

DEAN

Am nächsten Morgen ging er vorsichtshalber angezogen in die Küche, nicht wie üblich direkt nach der Dusche. Er wollte erst einmal sehen, wie Amelie sich nach dem Kuss verhielt.

Die Zeichen standen ziemlich beschissen für Dean.

Sie wich seinen Blicken bewusst aus. Sie hatte ihm einen guten Morgen gewünscht, ihren Kaffee von ihm entgegengenommen und ignorierte ihn seither komplett.

Es trieb ihn in den Wahnsinn!

Leider war er sich ziemlich sicher, dass es nicht klug war, sie unter Druck zu setzen.

Also biss er die Zähne zusammen und konzentrierte sich auf seine Zeitung. Er versuchte es zumindest, aber es gelang ihm nicht. Als er sich zum fünften Mal dabei ertappte, wie er sie über den Zeitungsrand hinweg beobachtete, fluchte er innerlich.

"Wir müssen los", sagte er schroffer als gewollt und stand abrupt auf.

Dass sie zusammenzuckte, war kein gutes Zeichen, aber auch das versuchte er zu ignorieren.

Die Fahrt über schwiegen sie. Mehr als einmal war er versucht, einfach an den Seitenstreifen zu fahren, sie zu schütteln, bis sie ihn ansah, und sie dann zu küssen, bis sein Innerstes endlich wieder Ruhe gab.

Irgendwie schaffte er es aber trotzdem, sich zusammenzureißen und den Wagen ohne einen Zwischenstopp in die Tiefgarage von JB-Industrials zu fahren. Mit zusammengebissenen Zähnen parkte er das Auto und stieg gleichzeitig mit Amelie aus.

"Danke fürs Mitnehmen", sagte sie mit dieser höflichen Sekretärinnen-Stimme, die ihn absolut verrückt machte.

Dann lief sie so schnell davon, als wäre sie vor ihm auf der Flucht.

Was sie wahrscheinlich auch war, weil er auf die blöde Idee gekommen war, sie einfach so zu küssen.

Idiot!

AMELIE

Erleichtert seufzend setzte sie sich an ihren Arbeitsplatz.

Es war ihr mehr als nur schwergefallen, nicht nonstop auf Deans Lippen zu starren.

Dean hatte den Kuss mit keiner Silbe erwähnt, also war es wirklich nur ein Danke gewesen.

Und sie sollte sich verdammt noch mal aus dem Kopf schlagen, dass sich das jemals wiederholen könnte.

Ganz egal, wie gut es sich angefühlt hatte oder wie nahezu unanständig heiß ihre Träume in der vergangenen Nacht gewesen waren.

Dean war einfach nur nett zu ihr. Ein guter Freund, mehr nicht. Mehr wollte sie auch gar nicht! Das durfte sie nicht vergessen.

Sie war so in ihren Gedanken versunken, dass sie überhaupt nicht verstand, was Jason von ihr wollte, als er neben ihrem Tisch auftauchte.

Sie starrte zu ihm hoch, als wäre sie Dori aus Findet Nemo.

"Geht es Ihnen nicht gut, Amelie?", fragte ihr Boss, nachdem er verwirrt die Augenbrauen zusammengezogen hatte.

"Doch, doch, entschuldigen Sie bitte, Sir." Hektisch suchte sie ihren Schreibtisch nach den Unterlagen für die anstehende Besprechung ab.

Als sie sie endlich gefunden hatte, eilte sie zur Tür,

aber Jason bewegte sich nicht.

"Mein Kaffee?", fragte er nach einem Moment des Schweigens, als wäre sie schwer von Begriff.

Amelie lief hochrot an und ähnelte damit mehr Nemo selbst als Dori, dann rannte sie fast schon in die kleine Küche bei ihrem Büro und bereitete hastig den Kaffee zu.

Dean tat ihrer mentalen Verfassung nicht gut!

DEAN

Der Tag verging unglaublich zäh. Er wäre ohnehin schon schlimm genug gewesen, weil er dauernd an Amelie und ihre wunderbaren Lippen denken musste.

Dass er dazu noch Bereitschaftsdienst hatte und absolut nichts zu tun war, verschlimmerte die Situation nur noch um ein Vielfaches.

Am Ende seiner Schicht stapfte er, wütend auf sich selbst, in Amelies Büro, nur um festzustellen, dass sie gar nicht mehr da war.

Weg, einfach so. Wo zum Teufel war sie?

Mit knirschenden Zähnen ging er zum Auto und rief sie von unterwegs aus an.

Es läutete nur zweimal, dann hob sie bereits ab.

"Dean?"

"Ja." Er wollte nicht so schroff klingen, konnte es aber auch nicht verhindern.

Einen Moment lang schwieg sie. Ein quälend langer Moment, dann fragte sie: "Alles okay?"

"Wo bist du?" Es war mehr eine Anklage als eine Frage und er verfluchte sich selbst dafür.

"In Netties Diner. Jason hat heute früher Feierabend gemacht und mich nach Hause geschickt."

"Ich komme." Auch wenn es unhöflich war, er legte einfach auf.

Er wollte nicht in Versuchung geraten, noch etwas Blödes zu sagen, weil sie nicht bei ihm vorbeigekommen war wie sonst, wenn sie früher Feierabend hatte. Er hätte ihr wie üblich auch seinen Wohnungsschlüssel gegeben, oder er hätte ebenfalls früher Schluss machen können. Sie hätten den Abend zu zweit verbracht und …

Ja, was und, du Idiot? Und du hättest sie angestarrt, weil sie dich immer noch meidet?

Seine eigene gehässige innere Stimme ging ihm so sehr auf die Nerven, dass er mit quietschenden Reifen auf dem Parkplatz vor dem Diner hielt.

Er atmete einige Male tief durch, um sich zu beruhigen, dann stieg er aus und überwand die kurze Strecke bis zum Eingang.

Durch die Glastüren sah er Amelie am Tresen sitzen.

Klein und zerbrechlich, aber mit einem so strahlenden Lächeln im Gesicht, dass sein Herz für einen Moment aussetzte.

Ihn lächelte sie nie so an.

Wenn sie ihn ansah, war da immer nur Skepsis, vielleicht sogar ein klein wenig Furcht.

Dieser Gedanke zerschlug alles in ihm. Das Verlangen nach ihr, genauso wie die Wut, die ihn erfasst hatte, als sie einfach nicht da gewesen war.

Seine Schultern sackten nach unten, aber es gab kein Zurück mehr. Er hatte ihr gesagt, dass er sie würde abholen kommen, also musste er sein Versprechen auch einlösen. Egal, ob er jetzt lieber am anderen Ende der Stadt gewesen wäre oder nicht.

Langsam drückte er die Tür auf und ging mit gesenktem Blick zu ihr. Er wollte nicht sehen, wie das Lächeln aus ihrem schönen Gesicht wich, wenn sie ihn erblickte.

In diesem Moment musste er sich eingestehen, dass es unmöglich sein würde, Amelie für sich zu gewinnen. Sie mochte ihn nicht, hatte vielleicht sogar ein bisschen Angst vor ihm, wie zum Teufel sollte er sie unter diesen Voraussetzungen für sich gewinnen?

"Hey", sagte er leise, als er sich neben sie auf den Barhocker schob.

"Hallo, Dean." Ihre Stimme klang genauso vorsichtig, wie er es sich vorgestellt hatte.

"Hast du schon gegessen?", fragte er und schnappte sich die Karte.

"Nein."

Er las einen Moment, dann winkte er die Kellnerin zu sich.

"Steak medium mit Pommes und für Amelie bitte den Salat mit Pute", sagte er und wäre beinahe zusammengezuckt, als ihm auffiel, dass er noch nicht einmal gefragt hatte, was sie wollte.

"Ich hoffe, das ist okay", sagte er und versuchte sie entschuldigend anzulächeln.

Sie musterte ihn neugierig. "Es ist genau das, was ich auch bestellt hätte", sagte sie schließlich und schenkte ihm ein richtiges Lächeln.

Dean war so fasziniert davon, dass er nichts anderes tun konnte, als einfach auf ihren Mund zu starren. Hatte er nicht eben noch festgestellt, dass sie ihn nie so anlächelte? Dass sie ihn nie so anlächeln würde?

Er liebte dieses Lächeln. Ein Lächeln, das ihm das Gefühl gab, etwas ganz Besonderes geschafft zu haben.

Als die Kellnerin das Besteck vor ihnen ablegte, konnte er seinen Blick endlich losreißen.

"Wie war dein Tag?", fragte er, nur um sich von seinen wirren Gedanken abzulenken.

Leise begann sie zu erzählen. Dean musste sich konzentrieren, um ihre Stimme in dem Wirrwarr aus Geräuschen und Gesprächen zu hören. Sie war fein und melodisch, beruhigte ihn und zog ihn in ihren Bann. Wenn es nach ihm ginge, könnte sie ewig weitersprechen.

AMELIE

Sie genoss Deans Gesellschaft. Nach dem Essen waren sie zusammen nach Hause gefahren. Also

Deans Zuhause. Ihr eigenes war es ja nicht, auch wenn es sich zunehmend so anfühlte. Sie vermisste noch nicht einmal ihre eigene Wohnung. Dafür mochte sie Deans Gegenwart viel zu gern.

An diesem Abend ging er nicht auf sein Laufband, sondern setzte sich zu ihr auf das Sofa. Sie sprachen über Nebensächlichkeiten, Filme und Musik. Es war schön, sich einfach nur mit ihm zu unterhalten, seiner tiefen ruhigen Stimme zu lauschen und mit ihm zu lachen.

Rund um seine Augen bildeten sich dabei kleine Lachfältchen, die Amelie unglaublich anziehend fand.

Plötzlich streckte er eine Hand nach ihrem Gesicht aus. Sie erstarrte augenblicklich, wartete ab, was er vorhatte, und konnte nicht anders, als auf diese Lippen zu starren, von denen sie wusste, wie weich sie waren und wie unbeschreiblich gut sie sich auf ihren anfühlten.

Seine Finger glitten unglaublich sanft über ihre Wange und strichen ihr eine lose Haarsträhne hinters Ohr.

Als hätte er da erst erkannt, was er gerade tat, erstarrte seine Hand mitten in der Bewegung.

Ganz langsam hob sie ihren Blick, suchte den seinen. Dean sah auf ihre Lippen. Der Ausdruck, der auf seinem Gesicht lag, spiegelte das Verlangen in ihr wider.

Sie wollte ihn küssen, wollte noch einmal testen, wie weich seine Lippen waren. Dieses Mal wollte sie diesen Kuss auskosten, nicht wie erstarrt dasitzen. Sie wollte ihn spüren, wollte wissen, wie es war, einen so starken Mann zu küssen, wollte ihn schmecken und seine Zunge auf ihrer spüren.

Völlig automatisch strich ihre Zunge über ihre Lippen. Deans Hand legte sich auf ihre Wange. Sie spürte den Druck seiner Finger auf ihrem Nacken, als wollte er sie zu sich ziehen.

Vorsichtig lehnte sie sich näher zu ihm, folgte dem sanften Druck, ohne ihren Blick von seinen Lippen zu lösen.

"Amelie", flüsterte er, kurz bevor sich ihre Münder trafen.

Aber sie wollte nicht reagieren, wollte nicht mehr warten, wünschte sich nichts sehnlicher, als ihn endlich zu schmecken und zu spüren.

Sie überwand die letzten Zentimeter, presste ihre Lippen auf seine und küsste ihn genau so, wie sie es sich vorgestellt hatte.

Ohne Zurückhaltung nahm sie sich, was sie wollte, erforschte erst seine Lippen mit ihren, dann strich sie mit ihrer Zunge über seinen warmen Mund.

Deans Griff in ihrem Nacken wurde kräftiger. Stöhnend öffnete er seinen Mund, presste sie an sich und streichelte ihre Zunge mit seiner.

Wie von selbst fanden ihre Hände seine Schultern, krallten sich in sein Hemd und hielten ihn nah bei sich.

Deans zweite Hand schob sich auf ihren Rücken.

Er zog sie an sich, bis ihr nichts anderes mehr übrig blieb, als ein Bein über ihn zu schwingen und sich rittlings auf seinen Schoß zu setzen.

Wieder spürte sie sein tiefes Stöhnen an ihrem Mund und erwiderte es automatisch, als sie seine Erektion an ihrer Mitte spürte.

Dieser Mann war heißer, als gut für sie war!

DEAN

Ihr Mund, ihre Lippen, ihre Zunge, dieser Kuss – einfach perfekt. Er verlor sich in den Gefühlen, die Amelie in diesem Moment in ihm auslöste. Er genoss ihre Nähe, genoss es, wie sich ihr zierlicher Körper in seinen Armen und auf seinem Schoß anfühlte.

Er genoss es so sehr, dass er sich kaum noch beherrschen konnte, sie nicht einfach auf das Sofa zu werfen und sie zu vögeln, bis sie beide keine Luft mehr bekamen.

Dass Amelie den Kuss genauso zu genießen schien, machte es nur noch schwieriger für ihn.

Aber ein kleines bisschen Restverstand, das seinem Schwanz noch nicht unterlegen war, wusste ganz genau, dass er sie auf keinen Fall zu sehr bedrängen durfte.

Mit aller Willenskraft beendete er den Kuss und löste sich wenige Millimeter von ihr. Sein Blick fiel auf ihren Brustkorb, der sich ebenso schnell hob und senkte wie sein eigener.

Das Wissen, dass Amelie genauso erregt war wie er selbst, machte es nicht gerade einfacher.

Fest entschlossen, das Richtige zu tun, schloss er beide Arme um sie und stand mit ihr auf. Dann ging er mit großen Schritten auf ihr Schlafzimmer zu.

Die Art, wie sie sich versteifte, bestätigte ihn in seinem Entschluss.

Sanft legte er sie auf ihrem Bett ab, ignorierte die weit aufgerissenen Augen und küsste sie sanft auf die Lippen.

"Gute Nacht, Sweetheart", flüsterte er und floh dann beinahe aus ihrem Zimmer, ehe er es sich anders überlegen konnte.

Im Bad angekommen, zog er sich schnell aus und stellte sich unter die eiskalte Dusche. Doch selbst diese schien nichts gegen seine Erregung und das, was Amelie in ihm auslöste, anrichten zu können.

Auf dem Weg in sein Bett versuchte er sich davon zu überzeugen, dass er das Richtige tat, dass er ihr Zeit lassen musste.

Die Nacht würde furchtbar werden. Bis Amelie endgültig ihm gehörte, würde er blaue Eier haben, aber es würde sich lohnen.

Je mehr er von ihr kennenlernte, desto sicherer war er sich, dass Amelie perfekt zu ihm passte. Dass sie genau das war, was er all die Jahre über gesucht hatte. Gequält, aber glücklich schloss er die Augen in der Hoffnung, zumindest ein klein wenig Schlaf zu bekommen.

6 MISSVERSTÄNDNISSE

AMELIE

Sie war sauer. Oder verwirrt, vielleicht auch enttäuscht, oder verunsichert? Oder einfach nur wütend, weil Dean sie so angeturnt hatte, dass sie die halbe Nacht wach gelegen hatte und über sein mehr als nur seltsames Verhalten nachgedacht hatte.

Auf jeden Fall war sie unbefriedigt. Zumindest das konnte sie mit Sicherheit sagen.

Jetzt saß sie in dieser verdammten Küche und musste diesem göttlichen Rücken dabei zusehen, wie er ihr einen Kaffee machte, den sie überhaupt nicht wollte.

Sie war sauer. Auf sich, auf ihn und auf diese ganze Situation.

Wie konnte er nach allem, was am Abend zuvor zwischen ihnen passiert war, mit einem simplen "Guten Morgen" an ihr vorbeispazieren?

Lächelnd reichte er ihr den Kaffee und verschwand dann mit seinem eigenen aus der Küche. Er ließ sie einfach hier zurück. Ratlos, wie schon am Vortag.

Amelie kochte innerlich, äußerlich ließ sie sich nichts anmerken. Schließlich wollte sie sich wegen eines Kusses, der ihm absolut nichts zu bedeuten schien, nicht zum Affen machen.

DEAN

Nachdem er sie so verschreckt und vorsichtig lauernd in der Küche vorgefunden hatte, hatte Dean sich alle Mühe gegeben, nicht bedrängend auf sie zu wirken. Gar nicht so leicht, wenn er nichts lieber tun wollte, als sie zu bedrängen. Mehr noch, er wollte sie packen und gegen die nächste Wand gepresst nehmen.

Den ganzen Tag über hatte er sich überlegt, wie er bei Amelie weiterkommen könnte.

Vergeblich. Ihm fiel einfach keine Lösung ein, bei der er sie nicht endgültig in die Flucht schlagen würde oder er für den Rest seines Lebens blaue Eier hatte.

Aufs Äußerste frustriert hatte er sich nach seiner abendlichen Laufbandtour ein Bier gegönnt.

Ein Fehler, denn danach konnte er sich nicht mehr

beherrschen. Er hatte sie einfach an sich gezogen und geküsst. Nicht zögerlich und vorsichtig wie am Abend zuvor, sondern energisch, gierig und verzweifelt. Eben genau so, wie er sich fühlte.

Sie hatte seinen Kuss mit der gleichen Intensität erwidert. Zumindest hatte er sich das eingebildet.

Am nächsten Morgen war er sich da nicht mehr so sicher. Nachdem er ihr den Kaffee gereicht hatte, hatte sie ihren Blick kaum von der Tasse gehoben, die sie mit beiden Händen umklammert hielt. Ihr kleiner Körper hatte gezittert, was Dean beinahe das Herz gebrochen hätte.

Also war ihm nichts anderes übrig geblieben, als Abstand von ihr zu halten.

Frustriert stöhnend legte er sein Gesicht in seine Hände.

"Alles in Ordnung bei dir?" Thomas' Stimme war eine der letzten, die er in diesem Moment hören wollte. Nur die von Dario wäre noch schlimmer gewesen.

"Alles bestens", gab er unwillig zurück.

"Mhm, so sieht alles bestens bei mir auch immer aus, wenn Lana mir das Leben zur Hölle macht", sagte Chase feixend.

Dean musste sich sehr beherrschen und innerlich langsam bis zehn zählen, damit niemand sah, wie aufgewühlt er wirklich hinter seiner stets kühlen Fassade war.

"Nein, alles in Ordnung", sagte er schließlich

ruhig.

"Sie kommt schon", sagte Levin und grinste dabei breit.

"Wovon redest du?", fragte Dean, genervt von seinen eigenen Gedanken, die natürlich sofort bei Amelie waren, nachdem Levin *sie* gesagt hatte.

"Das hast du damals gesagt, als ich mir Sorgen um Jana-Ina gemacht habe." Levins Grinsen wurde nur noch breiter, als wäre das eine Art süßer Rache für ihn.

Dean war kurz vor dem Platzen. All diese neunmalklugen Jungspunde zerrten gewaltig an seinen Nerven.

"Was zum Teufel hat das eine mit dem anderen zu tun?", knurrte er beinahe und ärgerte sich im selben Moment, dass er sich seine Emotionen so anmerken ließ.

"Sie wäre nicht so lang bei dir geblieben, wenn sie dich nicht zumindest ein bisschen mögen würde", antwortete Levin zwinkernd und wiederholte damit einen weiteren klugen Ratschlag, den er sich von Dean hatte anhören müssen.

Von außen betrachtet war so eine Situation zugegebenermaßen deutlich einfacher, als wenn man selbst mittendrin steckte. Das gab diesen Grünschnäbeln aber noch lange nicht das Recht, so hämisch zu lachen, wie sie es in diesem Moment taten.

Wütend stand er auf und sein Stuhl fiel klappernd

zu Boden. Daraufhin stürmten die beiden jungen Männer nach draußen, nur Thomas blieb ungerührt stehen.

"Sprich mit ihr", sagte dieser ruhig.

"Ja, weil Worte meine absolute Stärke sind", brummte Dean und machte sich dann an die Arbeit.

AMELIE

Ihr Tag war einfach nur grauenhaft. Sie hatte einen Fehler nach dem anderen gemacht, weil ihre Gedanken nonstop um diesen furchtbaren Kerl gekreist waren.

Ihr Chef, dessen Laune seit Wochen im Keller war, hatte ihr mehr als nur einen Anschiss deswegen verpasst.

Zur Krönung hatte dieser Mistkerl Dean sie wie beinahe jeden Tag seit dem Anschlag im Büro abgeholt, als wäre überhaupt nichts gewesen.

Wutschäumend lief sie hinter ihm her in seine Wohnung. Er nahm ihr den Mantel ab, und seine Finger fuhren dabei aufreizend langsam ihre Arme entlang, bis zu ihren Fingern.

"Dir ist kalt", sagte er, hängte den Mantel an die Garderobe und nahm ihre Finger in seine Hände. Vorsichtig rieb er darüber, ohne ihr in die Augen zu sehen.

Was zum Teufel sollte das?

"Na, komm", sagte er dann, nahm beide Hände in

eine seiner und legte die andere auf ihren unteren Rücken, dann schob er sie in die Küche.

Ihr war nicht kalt. Gut, vielleicht die Finger ein klein wenig, weil sie sie so sehr verkrampft hatte, dass kaum noch Blut bis in die Spitzen gekommen war.

Aber ganz ehrlich, das war die einzige Möglichkeit gewesen, sich selbst davon abzuhalten, ihn zu schütteln, bis er sie endlich wieder küsste oder zumindest mit diesem Hin und Her aufhörte.

In der Küche angekommen drückte er sie auf einen der Stühle, drehte sich dann um und machte sich an der Kaffeemaschine zu schaffen.

Amelie ballte die Fäuste und presste die Lippen aufeinander, um einen Wutausbruch zu verhindern. Sie wollte schließlich nicht wie Rumpelstilzchen durch die Küche springen und ihn schreiend dazu auffordern, mit der Sprache rauszurücken.

Sie musste sich beruhigen. Ganz einfach in Ruhe bis einhundert zählen und ein Gespräch wie zwei vernünftige Erwachsene führen.

Nachdem Dean den Kaffee gemacht hatte, reichte er ihr eine Tasse mit Milch darin. Er sah sie nicht an und hielt größtmöglichen Abstand, während er ihr die Tasse über den Tisch hinweg zuschob.

Dann drehte er sich wieder um und stellte die Milch zurück in den Kühlschrank.

Ewig lang!

Nicht einfach nur Tür auf – Milch rein – Tür zu. Es kam ihr so vor, als würde er seinen Kopf eine gefühlte Ewigkeit in den Kühlschrank halten, als würde er sich in dem Kühlschrank verstecken. Vogel-Strauß-Taktik, sozusagen.

Dieses Verhalten erinnerte sie an die letzten beiden Tage und machte sie unglaublich wütend. Was hatte er vor? Sie wieder zu küssen, bis sie vor Verlangen nach ihm zitterte, nur um sie dann allein in ihrem Bett zurückzulassen?

Wütend starrte sie auf den verschandelten Kaffee in ihren Händen. Kaffee mit Milch! Pah! Ekelhaft! Und alles nur, weil dieser unglaublich heiße Mann sie mit seinem unglaublich heißen Körper abgelenkt hatte!

Als er dann auch noch anfing, leidgeprüft in den Kühlschrank zu stöhnen, als würde alle Last der Welt auf seinen Schultern ruhen, platzte Amelie der Kragen.

Das passierte wahrlich nicht oft. Für gewöhnlich war sie viel zu sehr mit ihren eigenen Gedanken beschäftigt, um sich über andere Menschen aufzuregen, aber Dean schaffte es tatsächlich, ihr scheinbar endlos großes Fass Geduld zum Überlaufen zu bringen.

Mit einem Schrei, der aus tiefster Seele kam, schleuderte sie den Ekelkaffee von sich. Die Tasse zersprang mit einem lauten Scheppern an der Wand und hinterließ einen riesigen Kaffeefleck.

Dean richtete sich so abrupt auf, dass er sich den Kopf an der Schrankkante anschlug und laut fluchte.

Laut und ausgiebig und in Worten, die Amelie nur vom Hörensagen kannte.

Abrupt verstummte sie. Im selben Moment drehte Dean sich um. Als sich ihre Blicke trafen, klappte auch er seinen Mund mitten in einem Fluch zu.

Einige Sekunden lang starrten sie einander nur an. Seine braunen Augen waren genauso ungläubig und weit aufgerissen, wie es ihre eigenen sein mussten.

Sie wusste noch nicht einmal, was sie mehr schockierte. Ihr eigener Wutausbruch oder Deans Gefluche.

Das Piepsen des Kühlschranks, das signalisierte, dass die Tür noch immer offen stand, riss Dean aus seiner Starre. Er blinzelte ein paarmal schnell hintereinander, wandte sich um und schloss den Kühlschrank. Dann drehte er sich ganz langsam zur Seite und starrte auf den Kaffeefleck, der die ehemals strahlend weiße Wand zierte.

In diesem Moment wünschte Amelie sich nichts mehr als ein Loch, das sich direkt unter ihr auftat und sie einfach verschluckte.

"Es … es tut mir leid", stotterte sie unbeholfen und vergrub ihr Gesicht in ihren Händen.

Wie zum Teufel hatte sie sich nur so gehen lassen können?

Plötzlich spürte sie große, starke Hände an ihren Handgelenken. Sanft zog Dean ihre Hände beiseite.

"Am'? Kleines, schau mich an", sagte er so leise, dass sie sich nicht sicher war, ob er die Worte wirklich gesagt hatte oder ob es nur Wunschdenken gewesen war.

Dann spürte sie seinen Daumen, der sanft über ihre Unterlippe strich.

Langsam öffnete sie die Augen und sah ihn an. "Es tut mir leid", flüsterte sie noch einmal, aber Dean schüttelte nur den Kopf.

"Ich wollte mich zusammenreißen. Ich wollte nicht schon wieder …" Er presste die Lippen aufeinander und schüttelte den Kopf, dann beugte er sich zu ihr und küsste sie. Ganz sanft, kaum spürbar. "Ich wollte nicht …", flüsterte er und strich noch einmal mit seinen Lippen über ihre.

Er klang ohnmächtig, als würde ihm nicht gefallen, was er tat. Dieser Gedanke machte sie unendlich traurig. Warum empfand er nicht das gleiche Verlangen, das in ihr jedes Mal aufkam, sobald Dean auch nur in ihre Nähe kam?

Der Gedanke, dass er sie nur küsste, weil sie völlig verrücktspielte, obwohl er es nicht einmal wollte, machte sie erneut wütend.

Zornig schubste sie ihn an seinen Schultern grob von sich.

"Es … es tut mir leid. Es tut mir leid, Amelie. … ich", stammelte er.

Wütend knurrte sie: "Hör auf! Hör sofort auf damit!"

Er gehorchte ihr augenblicklich und hielt den Mund. Das schockierte sie so sehr, dass sie selbst völlig überrumpelt innehielt. Niemand folgte ihr. Niemals! Nicht einmal der Blindenhund ihres Großvaters, der wirklich auf alles und jeden reagierte, hatte sie jemals für voll genommen.

Einen Moment lang schauten sie sich wieder schweigend an. Dann schloss Dean die Augen und schüttelte den Kopf.

"Ich … ich bin nicht gerade der Typ, der seine Probleme mit Worten löst, Kleines …", murmelte er so leise, dass sie ihn kaum verstand.

Das war ihr in der letzten Woche durchaus klar geworden, deshalb atmete sie tief ein und stand auf.

"Du musst nichts sagen, ich habe es kapiert. Du willst mich nicht küssen, das ist okay. Ich … ähm … gehe dann mal", schloss sie etwas unbeholfen und drehte sich um.

Noch ehe sie einen einzigen Schritt machen konnte, hatte er sie am Handgelenk gefasst und mit einem Ruck zurück auf den Stuhl befördert.

"Wie kommst du denn auf diesen Mist!", fluchte er und nahm ihr Gesicht in beide Hände.

Seine Handflächen fühlten sich unglaublich gut an. So warm und rau. Hände, die stark waren, arbeiten und sie vor allem beschützen konnten.

Sein Blick war intensiv und seine Lippen, die so angespannt aussahen, zogen sie magisch an. Sie wollte ihn küssen, doch sein Mund bewegte sich unglaublich schnell.

Seine Gesichtszüge sahen viel zu angespannt aus

für die süßen Gedanken, die ihr eigener Kopf in diesem Moment generierte.

"Amelie!"

Ups … dieser Ton besagte für gewöhnlich, dass sie einen großen Teil einer Unterhaltung nicht mitbekommen hatte.

"Hm?", fragte sie, noch immer verzückt von dem Bartschatten, der sich über den Tag hinweg auf seinem Gesicht gebildet hatte.

"Amelie?" Dieses Mal schwang ein kleines Lächeln in seiner Stimme mit.

Sie schloss die Augen und versuchte sich zu konzentrieren … wirklich schwierig, wenn sie genau vor Augen hatte, wie sich seine Mundwinkel bei diesem Ton hoben.

"Entschuldige", flüsterte sie. Scham trieb ihr eine leichte Röte ins Gesicht. Warum musste sie sogar in solchen Momenten so verflixt unkonzentriert sein?

"Bitte … sieh mich an", hauchte er, und sie konnte spüren, wie verdammt nah seine wundervollen Lippen den ihren waren.

Langsam schlug sie die Lider auf. Sah das Feuer und die Leidenschaft in seinem Blick.

"Ich will dich, Kleines …" Seine Stimme war rau vor Verlangen.

"Warum nimmst du mich dann nicht?", gab sie zurück und wurde gleich darauf noch ein paar Nuancen röter.

Er legte seine Wange an ihre, fuhr langsam daran

hinab, bis seine Lippen hauchzart auf ihrer Schulter lagen.

"Du siehst mich nicht an … du zitterst in meiner Gegenwart …", sagte er rau und seine Lippen strichen dabei über ihre Haut. Beinahe augenblicklich reagierte ihr Körper. Ihr Herz schlug schneller und zwischen ihren Beinen kribbelte es.

Sie versuchte weiter klar zu denken. Gar nicht so leicht, wenn dieser göttliche Kerl so verdammt nah bei ihr war. "Weil du mich so wütend machst."

Er lachte. Dieser verflixte Kerl hatte wirklich die Stirn, zu lachen.

Ehe sie sich zurückhalten konnte, hatte sie ihn mit der Faust auf seine Brust geboxt, was ihn nur noch lauter lachen ließ.

DEAN

Amelie war anbetungswürdig. Alles an dieser kleinen, süßen, mehr als nur wütenden Person war perfekt.

Hauptsächlich lachte er aus Erleichterung. Sie hatte keine Angst vor ihm, das war eindeutig die beste Nachricht des Tages. Besser noch, sie begehrte ihn sogar.

Sie wusste nicht einmal, dass ihre kleinen Fäuste auf seiner Brust, jeder einzelne Zentimeter, an dem ihr Körper den seinen berührte, ihn nur noch mehr anmachten.

Dann stieß sie sich den Ellenbogen am Küchentisch und fluchte laut, das brachte Dean zur Besinnung. Er schlang seine Arme um ihre Mitte, hob sie hoch und setzte sich mit ihr auf dem Schoß auf den Stuhl.

"Sch", murmelte er in ihre Haare, als sie sich zu winden begann.

Tief atmete er ihren unvergleichlich süßen Duft ein. Nach Gebäck und Kokosnuss. Er ließ seine Lippen von ihrem Ohr über ihre Wange gleiten, während sie weiter vor sich hin schimpfte. Er verstand nicht, was sie sagte, war viel zu sehr damit beschäftigt, ihre Berührungen zu genießen, ihren Körper zu spüren und ihren Duft einzuatmen.

Ihre Wangen fühlten sich samtweich unter seinen Lippen an, und er konnte es kaum erwarten, endlich auch ihren Mund wieder zu spüren.

Sanft küsste er sie auf die Lippen, strich mit der Zunge darüber, bis sie den Kuss beinahe unwillig erwiderte.

Es dauerte nur wenige Momente, dann schlang sie ihre schmalen Arme um seinen Hals und vertiefte den Kuss.

Dean stöhnte, griff nach ihren Hüften und konnte sich gerade noch beherrschen, sie nicht mit voller Kraft an sich zu ziehen.

Sein Schwanz drückte schmerzhaft gegen den Reißverschluss der Anzughose, und er wünschte sich nichts sehnlicher, als endlich in ihr zu sein.

Aber Amelie war mehr für ihn als bloße Begierde. Amelie war die Frau, die er für sich haben wollte, an die er Tag für Tag mehr von seinem Herzen verlor.

Er ließ seine Hände zurück zu ihren Hüften gleiten und löste seinen Mund von ihrem.

"Amelie … ich …"

"Nein, nein, nein!", unterbrach sie ihn sofort. "Du wirst mich nicht wieder so zurücklassen!" Ihre Stimme war beinahe ein Fauchen.

"Zurücklassen?", fragte er von ihrer plötzlich wiederkehrenden Wut verwirrt.

Als wäre ihr jetzt erst aufgefallen, was sie gesagt hatte, färbten sich ihre Wangen wieder in einem süßen Rotton.

"So … scharf auf dich", sagte sie dann zögerlich.

Dean presste seine Lippen auf ihre, küsste sie leidenschaftlich und mit dem Versprechen, ihr alles zu geben, was sie sich von ihm wünschte.

Allein die Vorstellung, wie nass und heiß sie für ihn sein musste, wenn sie sogar wütend auf ihn wurde, weil er aufhörte, machte seinen Schwanz unglaublich hart.

Er wünschte sich nichts mehr, als seine Hände endlich in ihre Hose zu schieben und zu spüren, wie bereit sie wirklich für ihn war.

Als er ihre kurzen Fingernägel in seinem Nacken spürte, konnte er sich nicht mehr beherrschen. Er packte sie an den schmalen Hüften und presste sie fest gegen seine Erektion.

Sie stöhnten gleichzeitig auf, so gut fühlte sich dieses Versprechen auf mehr an.

Völlig von Sinnen stand er mit ihr auf den Armen auf, fegte mit einer Hand den Küchentisch leer und legte sie darauf ab.

Nur am Rande bekam er mit, wie die Obstschüssel auf den Fliesen zersprang und die Papiere durch die Luft wirbelten. Amelies Lippen, die sich voller Leidenschaft auf seine pressten, lenkten ihn viel zu sehr ab.

Er spürte ihre kleinen Hände, die sich an seinem Gürtel zu schaffen machten. Kühle, zarte Finger, die seinen Bauch streiften und das Ziehen in seinen Lenden nur noch vervielfachten.

"Amelie …", murmelte er an ihrem Mund, im letzten verzweifelten Versuch, zuerst dieses Gespräch zu führen.

"Bitte, nimm mich jetzt einfach", keuchte sie und umfasste im selben Moment seinen Schwanz.

Stöhnend warf er den Kopf in den Nacken und schob das Becken nach vorn, um in ihre kleine, fest zupackende Hand zu stoßen.

Es fühlte sich so unglaublich gut an, dass er noch zwei weitere Male zustieß, ehe er sich ihrer Hand entzog.

So schnell er konnte, zog er Amelie die Hose von den Hüften. Sie trat sie sich von den Füßen und reichte Dean ein Kondom aus ihrer Handtasche.

Warum hatte sie Kondome bei sich? Er hatte sie

nie mit einem anderen Mann gesehen außer mit Jason Shaw. Schlief sie etwa mit ihrem Boss?

"Dean?" Amelies raue Stimme riss ihn aus seinen Gedanken. Er zog sich das Kondom über. Dann erst fiel sein Blick auf den schmalen Streifen dunkler Haare, der genau dahin zeigte, wo er sein wollte.

Langsam schob er ihre Knie weiter auseinander, strich mit seinen Händen über die Innenseiten ihrer Oberschenkel, bis seine Daumen auf ihre nasse Spalte trafen.

Sanft streichelte er über ihre äußeren Schamlippen, genoss es, ihr Wimmern zu hören und ihr dabei zuzusehen, wie sie sich unter seinen Berührungen wand.

"Dean …", stöhnte sie, als er einen Finger in sie schob und langsam in ihr bewegte.

Sie sah so unglaublich heiß aus. Die fast schon biedere Bluse schien überhaupt nicht zu dem lasziven Lächeln zu passen.

Ob sie sich so auch auf Jasons Schreibtisch rekelte? Auch ihm musste aufgefallen sein, wie verdammt heiß sie aussah.

Er schob einen zweiten Finger in sie, bewegte sie gleichmäßig und beobachtete ihre Reaktion, während er mit dem Daumen ihre Klit umkreiste.

Ihre Lider waren beinahe vollkommen geschlossen, ihr Becken bewegte sich im Takt seiner Stöße, während ihre Hände sich an der Tischkante festkrallten.

Nie im Leben hatte er etwas gesehen, was ihn mehr angemacht hatte. Sie fühlte sich so verdammt gut an seinen Fingern an. Heiß und weich, so eng, dass sie ihn wie eine Faust umschließen würde.

"Dean, bitte", wimmerte sie und öffnete ihre Augen einen Spaltbreit. Sie war heiß und begierig, sie brauchte ihn genauso, wie er sie brauchte.

Er legte eine Hand auf ihren Unterbauch, drückte darauf, bis er die Spannungen in ihrem Unterleib spüren konnte.

"Ich werde dich nicht teilen, Kleines", sagte er rau und krümmte die Finger, um sie noch mehr zu stimulieren.

Sie leckte über ihre Unterlippe, genauso, wie er es tun wollte. Wie von selbst wurden seine Bewegungen schneller, als er sich über sie beugte und an ihrer Unterlippe saugte.

"Sag es mir", flüsterte er an ihrem Mund. "Sag mir, dass du mir gehörst."

Sie keuchte an seinen Lippen und ihr Unterleib verkrampfte sich. Schnell nahm er seine Hand beiseite. Sie sollte nicht ohne ihn kommen, er wollte spüren, wie sie um seinen Schwanz herum zuckte.

Wimmernd hob sie ihm ihr Becken entgegen, bettelte stumm um mehr.

"Sag es mir", wiederholte er und strich mit der Spitze seines Schwanzes durch ihre nasse Spalte.

"Ich will nur dich", flüsterte sie und krallte sich in seine Oberarme.

Er verfluchte das Hemd, das ihn daran hinderte, ihre Fingernägel in seiner Haut zu spüren.

Sie stöhnte erneut, als er die Spitze seines Schwanzes in ihre Öffnung drückte. Sie war verdammt eng und es fühlte sich unglaublich gut an. Er beobachtete sich selbst dabei, wie er immer tiefer in ihre heiße Enge stieß. Seine Hände krallten sich an ihren Hüften fest, hielten sie nah bei sich, als er sie Stoß für Stoß mehr dehnte.

"Mir", flüsterte er erneut und versenkte sich mit einem letzten harten Stoß bis zum Anschlag in ihr.

Sie schrie auf und zuckte um seinen Schwanz herum, was ihn beinahe kommen ließ.

Er griff nach vorn, packte sie im Nacken und zog sie in eine sitzende Position zu sich. Dann küsste er ihre weichen Lippen, versuchte sich von diesem unglaublich guten Gefühl an seinem Schwanz abzulenken. Amelie schlang ihre Arme und Beine um ihn, bewegte sich unruhig und aufreizend an seinem Körper.

"Ich will, dass du nur mir gehörst", flüsterte er nah an ihren Lippen und begann erneut, sich in ihr zu bewegen. Sie nickte und stöhnte, forderte ihn mit ihren Fersen zu einem schnellen Tempo auf.

Dean stieß härter und schneller in sie, gab ihr, was sie wollte, und genoss jedes einzelne Wimmern und Stöhnen, das er ihr entlockte.

Dann bäumte sie sich in seinen Armen auf, und ihre inneren Muskeln krampften sich so fest um seinen Schwanz herum zusammen, dass sie ihn mit über die Schwelle zum Orgasmus riss.

Er stöhnte ihren Namen, während er sich ein ums andere Mal tief in ihr ergoss.

Ihr Körper bebte und ihr Atem ging genauso heftig wie seiner. Unkontrolliert und keuchend. Sie klammerte sich an ihn, während sie noch immer hart um ihn herum zuckte.

Es bedurfte all seiner Kraft, sich die Hose von den Beinen zu streifen und mit Amelie in seinen Armen ins Schlafzimmer zu gehen.

AMELIE

Ihr Kopf fing erst wieder wirklich zu arbeiten an, als Dean sie auf seinem Bett ablegte. Er zog sie aus und verschwand dann für wenige Momente aus dem Raum.

Das Zimmer war fast identisch mit dem, das sie bewohnte. Nur eben maskuliner. Was ihre Gedanken zurück zu all dem Frauenkram in dem anderen Zimmer brachte.

Doch ehe sie diesen Gedanken wirklich verfolgen konnte, kam Dean zurück in den Raum.

Er sah atemberauend aus. Seine Muskeln bewegten sich bei jedem Schritt, spielten ein sinnliches Spiel unter seiner Haut.

Dean legte sich zu ihr ins Bett, zog sie an seine Brust und breitete die Decke über ihnen aus. Dann seufzte er zufrieden und schien innerhalb weniger Minuten eingeschlafen zu sein.

Amelie nicht. Ihr Kopf war jetzt, da er nicht mehr völlig vernebelt vom Sex war, voll und ganz damit beschäftigt, Deans Worte und sein Verhalten zu analysieren.

Zu einem Ergebnis kam sie nicht, würde sie wahrscheinlich niemals kommen.

7 ZÖGERLICH

AMELIE

Auch am nächsten Morgen war sie weit vor Dean wach. Sie spürte jeden seiner gleichmäßigen Atemzüge in ihrem Rücken.

Seine Worte hallten noch immer durch ihren Kopf. "Ich will, dass du mir gehörst." War es wirklich das, was sie dachte? Wünschte er sich eine Beziehung wie sie auch?

Dean war in den letzten Wochen zu einem echten Freund geworden. Sie schätzte ihn, seine Gegenwart, die Gespräche und seine Art. Und sie begehrte ihn, das konnte sie absolut nicht leugnen.

Genau genommen hatte sie mit Dean den besten Sex ihres Lebens gehabt.

Nicht, dass sie sonderlich erfahren gewesen wäre, aber dennoch war sie sich sicher, dass ein Orgasmus in diesem Ausmaß nicht normal sein konnte.

Plötzlich spürte sie, wie er sich hinter ihr regte, spürte seine Lippen, die schläfrig über ihre Haut strichen.

Aber vor allem spürte sie mehr als deutlich seinen Schwanz, der sich an ihrem Po aufrichtete.

Egal, was das zwischen ihnen werden sollte, sie konnte immer noch darüber nachdenken, wenn sie eine weitere Runde ganz fantastischen Sex gehabt hatte.

DEAN

Er würde niemals genug von dieser Frau bekommen, da war er sich absolut sicher. Mit ihr in den Armen aufzuwachen, war das Beste, was er sich vorstellen konnte. Der Sex, der kurz darauf gefolgt war, war mindestens genauso gut gewesen.

Das Einzige, was diesen absolut perfekten Morgen ruinierte, war das nicht enden wollende Klingeln seines Handys.

"Es tut mir leid, Kleines", murmelte er und ließ sie aus der Umarmung, in der er sie gefangen hielt, seit sie gemeinsam zum Orgasmus gekommen waren.

Dann drehte er sich auf die andere Seite und angelte nach seinem Handy.

"Mason?"

"Dean? Dario hier. Wo zum Teufel steckst du?" Der scharfe Ton seines Freundes riss ihn aus seiner postkoitalen Müdigkeit.

"Zu Hause. Verschlafen, sorry", antwortete er und setzte sich auf. Ein Blick auf seine Uhr sagte ihm, dass er seit über einer Stunde bei der Arbeit sein müsste.

Verdammt!

"Dann beweg deinen Arsch schnellstmöglich hierher!"

Dean entschuldigte sich noch einmal, dann legte er auf. Er beugte sich zu Amelie und küsste sie auf die nackte Schulter.

"Wir haben verschlafen, Kleines."

Er spürte, wie sie sich versteifte, und entschloss, dass es das Beste wäre, erst einmal das Feld zu räumen, also sprang er unter die Dusche, ehe die Frau in seinem Bett in Panik ausbrechen konnte.

In weniger als fünf Minuten war er fertig, die Rasur sparte er sich vorsichtshalber. Das stellte sich als guter Plan heraus, denn Amelie wartete bereits ungeduldig vor der Badezimmertür.

Sie ignorierte ihn, als er öffnete, und schob sich zielstrebig an ihm vorbei.

Nachdem er sich angezogen hatte, machte er zwei Kaffee to go fertig und wartete bereits an der Haustür, als Amelie fünfzehn Minuten später fertig war. Sie sah umwerfend aus, trotz der kurzen Zeit im Bad.

So ungeduldig, wie sie wirkte, hielt er lieber den Mund, reichte ihr nur stumm den Kaffee und ging dann schnellstmöglich zum Wagen.

Die Fahrt über tippte sie nonstop auf ihrem Handy herum, aber auch das kannte er bereits. Wenn es um ihre Arbeit ging, war Amelie tausendprozentig. Zu verschlafen musste für sie ein halber Weltuntergang sein.

Er stellte das Auto in der Tiefgarage ab, nahm ihre Tasche aus dem Kofferraum und begleitete sie zum Aufzug.

"Soll ich dich zum Mittagessen abholen?", fragte er und legte ihr einen Arm um die Taille.

Sie sah etwas verwirrt zu ihm auf, als würde ihr erst jetzt auffallen, dass er noch immer da war.

"Warum?", fragte sie und schien wirklich verwirrt zu sein.

"Damit wir reden können?", fragte er, war sich aber selbst nicht sicher, was genau er denn sagen wollte.

Amelie runzelte die Stirn. "Heute Abend?", bat sie dann. "Ich muss die verschlafene Stunde noch reinarbeiten."

Dean lächelte und beugte sich zu ihr. Sie erwiderte seinen Kuss sofort und schien das erste Mal seit seinem Telefonat mit Dario wieder ganz bei ihm zu sein.

"Okay, heute Abend", sagte er, nachdem sie den Kuss beendeten.

Mit einer Hand strich sie gedankenverloren über seine Brust und lächelte zu ihm auf. "Bis heute Abend." Dann verließ sie den Aufzug.

Die Türen schlossen sich, während er noch ihrem süßen Hintern nachsah. Erst als der Aufzug sich schon wieder in Bewegung setzte, bemerkte er, dass er noch immer Amelies Tasche in der Hand hielt.

Verdammt!

Augenblicklich drückte er die Taste zu ihrem Stockwerk, musste aber erst warten, bis eine Dame zwei Etagen höher eingestiegen war, bevor der Fahrstuhl wieder bei Amelie hielt.

Mit langen Schritten hielt er auf ihr Büro zu, dann hörte er die laute Stimme von Jason Shaw, der in Amelies Büro herumschrie. Sofort stieg Wut in Dean auf. Er war sich zu einhundert Prozent sicher, dass Amelie sonst nie verschlief. So oder so, niemand durfte so mit ihr reden.

Als er das Büro betrat, stand Amelie wie ein Reh im Scheinwerferlicht vor Jason und machte noch nicht einmal den Versuch, sich zu wehren.

AMELIE

Jason war sauer. Mehr als das. Okay, es war ein Stück weit auch verständlich. Der Termin, den sie verpasst hatte, war ein wirklich großer Deal zur Erweiterung des Stadtgrundstücks. Ohne die passenden Unterlagen war es für ihren Chef echt schwierig, die Verhandlungen zielführend zu meistern.

Plötzlich spürte sie einen Arm um ihre Mitte und wurde mit einem Ruck an eine harte Männerbrust gezogen.

Den Geruch, der sie daraufhin umgab, erkannte sie sofort. Dean. Er roch so verdammt gut. Eine besondere Mischung aus diesen blauen Sportshampoos und Deans ganz eigenem Geruch. Herrlich herb und doch frisch.

Dean schob sie hinter sich, was Amelie aus ihrem Schwelgen über seinen Geruch riss. Wo kam er überhaupt auf einmal her? Hatten sie sich nicht eben noch im Aufzug darauf geeinigt, dass sie heute Abend weitersprechen würden?

Dann fiel ihr auf, dass die beiden sich ziemlich lautstark anschrien. Besorgt versuchte Amelie an Dean vorbeizukommen, aber er ließ es nicht zu.

"Dean!", zischte sie beunruhigt und zerrte an seinem Arm.

Keine Reaktion, aber irgendwie hatte sie das auch nicht erwartet.

"Dean!" Lauter diesmal, aber er machte noch immer keine Anstalten, aufzuhören.

"DEAN!", schrie sie so laut, wie sie seit Ewigkeiten niemanden mehr angeschrien hatte.

Plötzlich verstummte er. Und Jason erstaunlicherweise gleich mit. Beide Männer sahen sie beinahe ungläubig an.

"Es … ähm … tut mir leid", stotterte sie an Jason gewandt und zog Dean dann zur Bürotür. Draußen angekommen sah sie ihn flehentlich an. "Ich rufe dich gleich an, okay?"

"Er kann nicht so mit dir reden", knurrte Dean wenig einsichtig.

"Ich bekomme das hin. Bitte, Dean! Und er schreit doch auch gar nicht mehr", versuchte sie ihn umzustimmen.

"Vielleicht schreit er gleich wieder." Deans Ton war noch immer schlecht gelaunt, aber nicht mehr ganz so außer sich.

Sie lächelte ihn aufmunternd an. "Es ist alles in Ordnung. Geh jetzt, dein Boss wartet bestimmt schon auf dich."

"Ich warte hier, bis ich sicher sein kann, dass es nicht wieder so eskaliert", hielt er dagegen, und sein Blick sagte ihr, dass er in diesem Punkt nicht mit sich diskutieren lassen würde.

"Okay." Sie stellte sich auf die Zehenspitzen und küsste ihn flüchtig auf die Lippen. Natürlich nur, um ihn zu beruhigen, und nicht, weil sie selbst es so unbedingt wollte.

Ehe er sie an sich ziehen konnte, wandte sie sich ab und ging zurück zur Tür.

"Amelie?", rief er ihr nach.

Ungeduldig drehte sie sich zu ihm um. Er hielt ihre Aktentasche in der Hand. "Weswegen ich eigentlich wiedergekommen bin …"

Schnell rannte sie zu ihm zurück und küsste ihn noch einmal auf den Mund, fester dieses Mal. "Danke!"

Dann beeilte sie sich, zurück zu ihrem Boss zu kommen, und hoffte, dass Jasons erste Wut nun verraucht sein würde.

Jason lehnte an der Kante ihres Schreibtischs und sah ihr neugierig entgegen.

"Es tut mir wirklich leid", begann sie und blieb vor ihm stehen.

Jason schüttelte den Kopf. "Er hat recht. Ich hätte Sie nicht so anschreien dürfen. Mir tut es leid. Es war eine beschissene Situation für mich, aber das erste Mal, dass Ihnen das in all den Jahren passiert ist."

Amelie blinzelte verdutzt. Ihr Boss hatte sich in den letzten sieben Jahren kein einziges Mal bei ihr entschuldigt.

"Okay ..." Er schien sich nicht sonderlich wohlzufühlen und rieb sich über den Nacken. "Wie sieht es aus, könnte ich einen Kaffee bekommen?"

Amelie nickte hektisch. "Natürlich." Schnell ging sie in die kleine angrenzende Küche und hätte am liebsten laut aufgestöhnt, als sie entdeckte, dass Jason sich noch nicht einmal einen Kaffee machen konnte, weil sie alles zum Entkalken auseinandergebaut hatte.

Verdammt! Kein Wunder, dass er so extrem schlechte Laune hatte. Sie spürte seinen Blick auf sich ruhen, während sie den Automaten so schnell wie möglich zusammensetzte.

"Sie und Dean Mason?", fragte er schließlich.

"Ja", antwortete sie und füllte Wasser in den entsprechenden Behälter.

"Das ist gut."

Verdutzt sah sie zu ihm auf. "Ja?"

Jason nickte, griff um sie herum und ließ sich eine Tasse aus dem Automaten. "Er wird gut auf Sie aufpassen."

Dann nahm er sich seine Tasse und verschwand in sein Büro.

Amelie blinzelte verwundert und machte sich selbst einen Kaffee. Dean hatte ein Wunder vollbracht. Jason war das erste Mal seit Monaten nicht gereizt. Dafür konnte sie sogar über den ekligen Kaffee mit Milch hinwegsehen, den sie auf der Herfahrt hatte trinken müssen.

Nicht nur das. Zugegeben, Dean schlich sich Stück für Stück weiter in ihr Herz. Aber im Gegensatz zu ihrem Boss war sie sich nicht sicher, ob das alles eine gute Idee war.

Vor allem, wenn sie an die vielen Damenklamotten in dem Zimmer dachte, in dem sie schlief.

Sie musste dringend mit Dean sprechen.

DEAN

Er hatte es den ganzen Tag über kaum erwarten können, Amelie endlich wieder für sich allein zu haben.

Jetzt, da sie auf seinem Sofa saß, fehlten ihm wie immer die Worte.

"Kaffee?", fragte er.

Für einen Moment hätte er schwören können, dass sie "Bloß nicht" gemurmelt hatte, aber dann lächelte sie ihn so offen an und fragte: "Wein?", dass er sich sicher war, sich verhört zu haben.

Wein wäre bestimmt besser. In Anbetracht dessen, dass er es hasste, solche Gespräche zu führen, würde der Wein ihm vielleicht helfen.

Er legte das Sakko über die Lehne der Couch und holte den Weißwein aus dem Kühlschrank. Mit zwei Gläsern ging er zurück und setzte sich zu ihr aufs Sofa.

Er fragte sie nach ihrem Tag, zum Aufwärmen sozusagen. Sie wirkte ein klein wenig verwirrt, als sie von Jasons Reaktion erzählte, und es kam ihm so vor, als würde sie einen Teil verheimlichen.

Dean kannte Jason seit vielen Jahren privat. Eine Zeit lang war Jason viel mit Lindsey unterwegs gewesen. Amelie hatte das nicht gewusst, deshalb war es nur klar, dass sie sich Sorgen machte, wenn er Jason so anfuhr. Aber in diesem Moment hatte Dean darüber nicht nachgedacht.

Er hatte einfach nur rotgesehen und war sich sicher, dass Jason ihm das nicht übel nahm.

"Schlussendlich war Jason heute besser gelaunt als in den gesamten letzten Monaten", beendete sie ihren Bericht.

Dean lächelte. "Gern geschehen."

Sie nahm einen weiteren Schluck und verdrehte die Augen.

"Es ist mein Ernst, Amelie. Niemand sollte so mit dir sprechen."

Sie lächelte und ihre Wangen färbten sich rosa.

"Ich ... Du bist mir wichtig. Ich will, dass das zwischen uns funktioniert. Langfristig." Nicht gerade die beste Ansprache seines Lebens, aber er tat sich verdammt schwer damit, seine Gefühle in Worte zu fassen.

Wäre Amelie eine normale Frau, hätte sie ihm einen Großteil der Arbeit in diesem Gespräch abgenommen. Aber sie war noch nie so wie alle anderen gewesen. Auch jetzt sah sie ihn nur mit großen Augen an, während er die Ärmel seines Hemdes nach oben rollte.

Er nahm ihr das Weinglas ab und küsste sie leidenschaftlich. Wenn seine Worte nicht zu ihr durchdrangen, würden es vielleicht seine Berührungen.

Es dauerte einen Moment, als hätte er sie überrumpelt, dann erwiderte sie seinen Kuss mit der gleichen Intensität.

Er schlang seine Arme um ihre Mitte und zog sie rittlings auf seinen Schoß. Der knielange Rock rutschte nach oben und er spürte ihre heiße Mitte durch den dünnen Stoff seiner Hose.

Plötzlich unterbrach sie den Kuss und sah ihn

wieder auf diese verwunderte Art an. Während sie ihn musterte, streichelte er ihre glatten Oberschenkel und schob seine Hände auf ihren kleinen, knackigen Hintern.

"Du willst etwas Festes?", fragte sie schließlich und knöpfte beinahe beiläufig sein Hemd auf.

"Genau das", sagte er, während er ihre fein geschnittenen Gesichtszüge musterte.

"Nur wir beide?"

"Mhm …" Es fiel ihm zunehmend schwer, sich zu konzentrieren. Ihre schmalen Finger auf seinem Oberkörper machten ihn verrückt und seine Erektion drückte schmerzhaft in seiner Hose.

"Klingt gut", sagte sie lächelnd.

Mit einer Hand griff er in ihren Nacken und zog sie zu sich. Er küsste sie, fordernd, und versuchte ihr all die Gefühle zu übermitteln, die er nicht in Worte fassen konnte. Versuchte ihr zu zeigen, wie sehr er sie begehrte.

Mit der zweiten Hand öffnete er seine Hose, schob sie sich mit Amelies Hilfe von den Hüften.

Wieder angelte sie nach ihrer Handtasche und zog ein Kondom daraus hervor. Aber diesmal wollte er nicht stumm bleiben.

"Warum hast du die da drin?", fragte er, auch wenn es ihm schwerfiel, sich zu konzentrieren, während sie ihm das Kondom überzog.

"Ich habe sie vor ein paar Tagen für uns gekauft", sagte sie.

Dean lächelte selbstgefällig. "Dann hast du das also alles geplant?"

Sie grinste. "Ich habe gehofft und meine Wünsche wurden erfüllt", sagte sie und schob seinen Schwanz in ihre heiße, nasse Spalte. Stöhnend legte er den Kopf in den Nacken und griff an ihre Hüften. Seine Gebete wurden erhört. Er hatte die Frau seiner Träume gefunden und würde sie um nichts auf der Welt wieder gehen lassen. Heiß und eng umschloss sie ihn, nahm immer mehr von ihm auf und trieb ihn damit unglaublich schnell auf seinen Orgasmus zu.

AMELIE

Sie liebte das Gefühl, völlig von ihm ausgefüllt zu sein, liebte es, wie er ihr bei jedem Absenken ihrer Hüften entgegenkam. Deans Hände krallten sich immer fester in ihren Hintern, und seine Küsse wurden zunehmend stürmischer, je schneller sie sich auf ihm bewegte.

Bei jedem Auf und Ab rieb ihre Klit über den schmalen Streifen dunkler Haare unter seinem Bauchnabel und Blitze zuckten durch ihren Unterleib.

Ihr Keuchen vermischte sich mit ihren Küssen, während sie sich hektischer liebten, sich immer heftiger bewegten.

Dean schloss seine Arme fest um sie, stieß noch heftiger in sie, bis sie laut aufschreiend ihren Kopf in den Nacken warf und ihr Unterleib sich verkrampfte.

Ihren Namen stöhnend kam er mit ihr, presste sie fest an sich, während sein Schwanz ein ums andere Mal in ihr zuckte.

Sie spürte seinen rasenden Herzschlag und seine schnelle Atmung. Aber vor allem spürte sie seine starken Arme, die sie hielten, beschützten und ihr ein herrliches Gefühl von Geborgenheit gaben.

Jason hatte recht. Dean würde gut auf sie aufpassen. Dean war perfekt. Er war so geduldig, so liebevoll und aufmerksam. Außerdem war er verdammt stark und unglaublich sexy. Deans Körper war die reine Versuchung, der Amelie nicht für fünf Minuten widerstehen konnte.

Sie konnte sich ja noch nicht einmal mehr konzentrieren, wenn er nur die Ärmel seines Hemdes hochkrempelte.

Dean war verdammt noch mal zu gut für sie, und sie hatte Angst, weil sie in diesem Moment bemerkte, wie viel ihr bereits an ihm lag.

Zu viel. Sie hatte sich in diesen viel zu großen, viel zu starken Mann verliebt und würde daran elend zugrunde gehen.

Wie sollte es auch anders sein? Was sollte ein Mann wie Dean auf Dauer an einer Tagträumerin wie ihr finden? Und wie hatte sie es zulassen können, sich in einen Mann zu verlieben, den sie doch überhaupt nicht kannte?

Deans weiche Lippen, die ihren Hals liebkosten, lenkten sie ab.

Wieder einmal. Aber es fühlte sich einfach zu gut an. Also schob sie die quälenden Gedanken beiseite, an denen sie sowieso nichts ändern konnte.

Schlussendlich würde es doch dabei bleiben. Sie liebte Dean Mason.

8 VERRATEN

DEAN

Seit zehn Tagen genoss er das Privileg, Amelie zu jeder Zeit küssen zu dürfen. Und er nutzte jeden verdammten Moment. Er bekam einfach nicht genug von ihr. Nicht von ihren Lippen, nicht von ihrem Körper, nicht von ihrer Gegenwart.

Mittlerweile war er sich verdammt sicher, dass sich daran so schnell auch nichts ändern würde. Sie war perfekt für ihn. Rundherum.

Einige Tage zuvor war das Wohngebäude von JB-Industrials wieder freigegeben worden. Der Gedanke, dass sie zurückgehen könnte, hatte ihn schier verrückt gemacht. Er genoss die Abende mit Amelie und wollte daran nichts ändern.

Gott sei Dank war sie derselben Meinung gewesen. Sie wollte genauso gern Zeit mit ihm verbringen wie andersherum.

Um zu vermeiden, dass sie zu sich nach Hause ging, wenn sie einmal vor ihm Schluss machte, hatte er ihr einen Schlüssel zu seiner Wohnung gegeben. Sie sollte dort auf ihn warten, dann hatte er jemanden, auf den er sich freuen konnte, wenn er erst spät nach Hause kam.

Meistens waren es diese Abende, an denen sie irgendwie abwesend wirkte, wenn er sich zu ihr aufs Sofa setzte. Aber seine Lippen auf ihren schienen zu reichen. Sie entspannte sich und wurde genauso weich wie an jedem anderen Tag in seinen Armen.

Genau deshalb konnte er sich nicht so wirklich auf das Meeting konzentrieren, in dem er im Moment saß. Er wusste, wie Amelie sein würde, wenn er zu ihr kam.

Aber heute würde er sich nicht ablenken lassen, an diesem Abend würde er ihrem komischen Verhalten auf den Grund gehen.

Wenn Tyler Moreno nun endlich zum Punkt kommen würde. Bislang hatte er ausschließlich von irgendwelchen vermehrten Aktivitäten der Bruderschaft im Süden Bostons geredet.

Dabei waren sie sich doch einig gewesen, dass die Anschläge aus Deutschland kamen und ihnen nur noch die endgültigen Beweise gegen Skyler Blacks Ex Robert fehlten.

AMELIE

Das nächste Mal würde sie einfach warten, bis Dean ebenfalls Feierabend hatte. Die Fahrt mit dem Bus war ihr endlos vorgekommen und irgendwie schienen damit wirklich nur unheimliche Menschen zu fahren. Das war ihr in Deans Begleitung nie so stark aufgefallen. Als sie die Tür aufsperrte, bemerkte sie, dass bereits Licht im Wohnzimmer brannte.

"Dean?" Die helle Frauenstimme ließ Amelie innehalten. Sie behielt ihre Schuhe an und ging die wenigen Schritte bis in die Küche.

"Oh, hallo!"

Auf der Arbeitsplatte saß eine wunderschöne Frau lediglich in ein Handtuch gewickelt. Die nassen blonden Haare hatte sie zu einem unordentlichen Knoten zusammengebunden, als wäre sie soeben aus der Dusche gekommen. Die Beine dieser fast schon unwirklich schönen Frau waren so lang, dass Amelie sich dagegen winzig und stummelbeinig vorkam.

"Hi", sagte Amelie unsicher und blinzelte mehrmals bei dem Anblick, der sich ihr bot. Neben der Frau lag eine große, schwarze Pistole auf der Arbeitsplatte, die Amelie nur noch mehr verunsicherte. "Ich … ähm … Was tun Sie hier?", fragte sie schließlich, weil ihr nichts Besseres einfiel. Die Frau legte den Kopf schief und musterte sie.

"Ich wohne hier, und Sie?"

Ihr fielen die Kleidungsstücke im zweiten Zimmer wieder ein. Es musste eine logische Erklärung für all das geben. Dean würde sie ihr sagen, und bis dahin würde sie sich einfach so weit wie möglich von der halb nackten Frau mit der Knarre fernhalten.

Amelie ging langsam zurück ins Wohnzimmer und versuchte ruhig und gleichmäßig zu atmen. "Ich … ähm … muss noch mal los", stammelte Amelie und nickte dann heftig. Sie sagte lieber nichts über Dean. Wer wusste schon, ob Blondie eine verrückte Exfreundin war, die sie jeden Moment über den Haufen schoss.

Aber warum sollte eine Exfreundin ihre Kleidung bei ihm haben? Sie wollte nicht darüber nachdenken, ob sie mehr für ihn sein könnte. Dean hatte ihr gesagt, dass er etwas Festes mit ihr wollte, dass er sie mochte, dass sie ihm wichtig war.

Er konnte nicht nur gelogen haben, oder? So gut konnte kein Mensch schauspielern … oder?

"Wo wollen Sie hin?", fragte die Frau, rutschte von der Arbeitsplatte und folgte ihr durchs Wohnzimmer.

So schnell Amelie konnte, riss sie die Tür auf und stürmte hinaus ins Treppenhaus. Weg von der Frau mit der Waffe.

DEAN

Er war mehr als nur froh, als er endlich an seiner Wohnung ankam. Dieses Meeting war ihm endlos vorgekommen, obwohl es alles in allem wohl nicht länger als 45 Minuten gedauert hatte.

Er sperrte die Wohnungstür auf und warf den Schlüssel wie jeden Tag auf das kleine Sideboard. Das hatte er sich zur Angewohnheit gemacht, um Amelie aus jedem noch so spannenden Buch zu reißen. Wenn er sonst einfach vor ihr stand, erschreckte sie sich fast zu Tode.

"Dean?" Die Stimme ließ ihn sofort erstarren. Das war absolut nicht Amelie.

"Shit!", fluchte er.

"Vielen Dank! Ich freu mich auch, dich zu sehen", sagte Lindsey lächelnd. In einem alten Schlafanzug kam sie aus ihrem Schlafzimmer und schlang ihm beide Arme um den Hals.

Ungeduldig klopfte er ihr auf den Rücken. "Hey, nein, klar freu ich mich. Ich hab nur jemand anderen erwartet", sagte er.

"Klein, zierlich, brünett?", fragte Lindsey, löste sich von ihm und machte es sich dann auf dem Sofa gemütlich.

Dass Lindsey wusste, von wem er sprach, war kein gutes Zeichen. Augenblicklich zog sich sein Magen zusammen.

"Ja, Amelie. War sie hier?", fragte er und

befürchtete, die Antwort schon zu kennen.

Lindsey nickte. "Ja, war aber schneller weg, als ich schauen konnte. Da ich fast nackt war, konnte ich sie leider auch nicht aufhalten."

Automatisch zuckte er zusammen. *Verdammt!* Lindsey allein wäre schon schlimm genug gewesen, aber eine halb nackte Lindsey in seiner Wohnung war zu einhundert Prozent zu viel des Guten. Amelie würde, wie jede andere Frau, völlig falsche Rückschlüsse ziehen. Dass sie nicht mehr da war, sagte eigentlich schon mehr als deutlich, dass sie zu viel in Lindseys Auftauchen hineininterpretiert hatte.

"Du bist ein bisschen blass", sagte Lindsey und musterte ihn mit schräg gelegtem Kopf. Völlig unbekümmert und scheinbar ahnungslos ob des Chaos, das sie mit ihrem plötzlichen Auftauchen ausgelöst hatte.

Dean warf ihr einen wütenden Blick zu. "Meine neue Freundin trifft meine alte halb nackt in meiner Wohnung. Finde den Fehler, Lindsey! Und was zum Teufel tust du überhaupt hier?", blaffte er und winkte gleich darauf ab. "Später, ich muss Amelie suchen!"

Sein Herz schlug unnatürlich schnell, als er aus der Wohnung zurück zu seinem Wagen stürmte. Seine Gedanken drehten sich einzig und allein um Amelie.

Er konnte nicht anders, als sich auszumalen, was alles in ihrem Kopf vorgehen musste. Sein Magen krampfte sich zusammen, weil es wirklich sein könnte, dass er sie deswegen verlor. In all den Jahren hatte er endlich eine Frau gefunden, die mehr für ihn war, die ihn fesselte und sein Herz berührte, und dann musste so etwas passieren.

Das konnte doch nicht wahr sein. Warum musste Lindsey ausgerechnet an diesem Abend zurückkommen?

Seit Tagen schob er dieses Thema vor sich her. Er hätte nicht so lange warten dürfen, Amelie von Lindsey zu erzählen.

Immerhin wusste er, wo sie sein würde. Zu Hause, in ihrer Wohnung. Er musste nur zu ihr fahren und ihr alles erklären, dann würde sie bestimmt zu ihm zurückkommen.

Das hoffte er zumindest. Allein der Gedanke, dass sie ihn wegen Lindsey verlassen könnte, schnürte ihm die Kehle zu. Er hatte nicht so lange um sie gekämpft, um sie jetzt zu verlieren. Sie hatte sich in sein Herz geschlichen. Mehr noch, sie hatte sein Herz erobert. Die Panik, die in ihm wütete, sagte ganz deutlich, dass er sie liebte. Tag für Tag, Wort für Wort, Lächeln für Lächeln hatte sie ihn mehr verzaubert.

"Verdammte Scheiße!", schrie er und schlug mit der Faust auf sein Lenkrad.

Niemals! Er würde Amelie nicht gehen lassen!

AMELIE

Im Schneidersitz saß sie vor dem bodentiefen Fenster ihrer Wohnung. Ihr eigenes Zuhause fühlte sich kalt, leer und fremd an nach all der Zeit, die sie zusammen mit Dean verbracht hatte.

Seit über einer Stunde drehten sich ihre Gedanken im Kreis. Wer war diese Frau? Was war sie für Dean? Er musste doch Gefühle für sie haben, wenn sie bei ihm wohnte.

Was hieß das für ihre Beziehung? Sie liebte Dean, aber sie war sich ziemlich sicher, dass sie ihn nicht mit einer anderen Frau würde teilen können.

Stumm weinte sie. Tränen rannen ihr über die Wangen. In einem Moment hatte sie die Hoffnung, dass es eine Erklärung für all das geben würde, dass alles nur ein riesiges Missverständnis war. Doch dann machte ihre innere Stimme ihr unmissverständlich klar, dass es kein Missverständnis geben konnte. Wäre da nichts zwischen ihm und dieser Frau, hätte Dean irgendwann einmal über sie gesprochen.

Sie konnte es kaum fassen. Dean hatte ihr stets das Gefühl gegeben, etwas Besonderes zu sein. Nie hatte er einer anderen Frau seine Aufmerksamkeit geschenkt, sondern war, zumindest solange sie zusammen waren, mit seinen Gedanken immer ganz bei ihr gewesen.

Wie konnte er auf eine so besondere Weise mit ihr umgehen, wenn es noch eine andere Frau in seinem

Leben gab? Und wie zum Teufel hatte sie selbst so blind sein können? Ein ganzer Schrank voller Frauenbekleidung, wo sollte diese schon sonst herkommen?

Dass sie verwandt miteinander waren, konnte Amelie nahezu ausschließen. Dafür waren sie sich äußerlich viel zu unähnlich. Wären sie lediglich Mitbewohner, hätte Dean sie doch einmal erwähnt, anstatt sofort dicht zu machen, wenn die Sprache auch nur annähernd in Richtung seiner Wohnsituation ging.

Die Möglichkeiten rasten so unendlich schnell durch ihren Kopf, dass sie keinen klaren Gedanken fassen konnte. Sie musste mit Dean reden, aber die Angst vor dem, was er ihr sagen könnte, lähmte sie.

Das Klicken der Türverriegelung hallte laut durch den stillen Raum.

"Amelie?"

Deans Stimme beruhigte sie sofort. Auch wenn er beinahe panisch klang. Aber woher wusste er, wo sie wohnte, und woher hatte er einen Schlüssel?

"Amelie!", rief er aus, als er sie entdeckte, ließ sich neben ihr auf die Knie fallen und zog sie in eine feste Umarmung.

Seine starken Arme fühlten sich unglaublich gut an. Wie so oft fühlte sie sich in seinem Griff geborgen und sicher, obwohl er es war, der ihr jeden Moment das Herz brechen konnte.

"Es ist nicht so, wie es ausgesehen hat. Lindsey ist

… quasi meine Mitbewohnerin", sagte er hektisch, doch das Stocken war ihr nicht entgangen.

Egal, wie gut sich seine Umarmung anfühlte, sie musste sich von ihm befreien, um vernünftig denken zu können.

Aber er ließ sie nicht los, lockerte den Griff gerade so weit, dass sie ihm in die Augen sehen konnte.

Die Angst und die Unsicherheit, die sie in ihnen entdeckte, verwunderten sie.

"Quasi?", fragte sie und sein Körper verspannte sich noch mehr.

Dann schüttelte er den Kopf, als hätte er eine Entscheidung getroffen. "Wir hatten mal was miteinander. Aber es war nie etwas Ernstes. Eher Freunde mit Zusatzleistungen …", murmelte er undeutlich.

Ihre Gedanken und Gefühle spielten verrückt. Sie hatte keine Ahnung, was sie davon halten sollte. Weder von dem, was er sagte, noch wie er es sagte. Wieder versuchte sie sich von ihm loszumachen, aber er hielt sie einfach fest.

Er war so viel stärker als sie, dass sie keine Chance gegen ihn hatte.

"Nein, nein! Bitte!", sagte er in einem beinahe verzweifelten Ton. "Bitte … ich liebe dich, Amelie. Nur dich, verstehst du das nicht?"

Sie lächelte. Sie verstand es wirklich nicht. Sie verstand nicht, wie ein so perfekter Mann wie er sie lieben konnte, aber es fühlte sich unbeschreiblich gut an. Ihr Bauch kribbelte, als würden eintausend Ameisen dort herummarschieren, und ihr Herz klopfte viel zu heftig in ihrer Brust.

Sie sollte sich nicht auf diese Worte konzentrieren, sondern auf das Problem, aber sie konnte nicht anders, als ihn anzulächeln.

"Du hast es nie gesagt", flüsterte sie schließlich. Die Macht dieser Worte hatte sie völlig unterschätzt. Dean hatte sie mit solch einer Heftigkeit hervorgestoßen, als wären sie ein Naturgesetz, an dem es nichts zu rütteln gab.

Er liebte sie. Das zu wissen, jagte ihr warme Schauer durch den Körper. Alles in ihr summte vor Glück. Der Mann, dem sie ihr Herz geschenkt hatte, liebte sie ebenfalls.

Besser konnte es nicht mehr laufen … außer der Exfreundin in seiner Wohnung.

DEAN

Er stutzte, sie hatte recht. So deutlich hatte er ihr nie gesagt, was er für sie empfand. Zum einen war es für ihn einfach selbstverständlich, warum sonst sollte er sie dauernd bei sich haben wollen?

Er hatte ihr doch sogar einen Schlüssel für seine Wohnung gegeben. Zum anderen war er einfach nicht der Typ, der gern über seine Gefühle sprach. Er fand dabei nie die passenden Worte.

"Ich liebe dich, Amelie", wiederholte er, um das

Lächeln noch einmal zu sehen, das ihr Gesicht so wunderschön erhellt hatte.

Diesmal lächelte sie nicht, sondern presste ihre Lippen auf seine. Der Kuss war hart, beinahe besitzergreifend. Ihre Hände krallten sich in seinen Nacken, während ihre Zungen einander umkreisten.

Erst nach und nach wurde der Kuss langsamer, feiner, zärtlicher, bis sie ihn schließlich ganz beendeten und schwer atmend Stirn an Stirn verweilten.

"Ich liebe dich", flüsterte Amelie so leise, dass er sie kaum verstand.

"Bleib bei mir." Er konnte die Bitte nicht zurückhalten.

Er hatte zu viel Angst, dass sie ihn dennoch verlassen könnte, egal, ob sie ihn liebte oder nicht.

Sanft fuhr sie mit ihren Lippen über seine. "Ich liebe dich, Dean", wiederholte sie.

"Das ist keine Antwort", sagte er und wurde langsam unruhig. Er würde sie nicht gehen lassen. Das Lächeln auf ihren Lippen verwirrte ihn.

"Du hast mir auch keine Frage gestellt", sagte sie dann und schmiegte sich enger an ihn.

Sofort schlang er seine Arme um sie. Versuchte, die Angst in seinem Herzen in Worte zu fassen.

"Du verlässt mich nicht, oder?", fragte er Minuten später schließlich.

"Nein." Einen Moment schwieg sie, dann sagte sie leise: "Erzähl mir von Lindsey."

Automatisch spannten sich seine Arme an, aber er wusste, dass er um dieses Thema wohl kaum herumkommen würde. Er hatte es schon vor Wochen gewusst und doch so lange aufgeschoben, bis es ihm beinahe zum Verhängnis geworden wäre.

"Sie ist meine Freundin. Seit Ewigkeiten. Als wir Anfang zwanzig waren, haben wir es mal miteinander versucht, ohne viel Erfolg. Seitdem wohnen wir mehr oder weniger zusammen. Sie ist ständig unterwegs, erledigt irgendwelche Jobs, die selten ganz koscher sind."

Das war einer der Gründe gewesen, warum ihre Freundschaft einen nicht ganz unerheblichen Knacks bekommen hatte. Seine Vorstellung von Recht und Unrecht deckte sich so überhaupt nicht mit Lindseys. Sie war immer der Meinung, solange niemand ums Leben kam, war alles im grünen Bereich.

"Ich habe eigentlich seit Jahren keinen Kontakt mehr zu ihr. Sie schickt mir ihren Mietanteil und fertig. Meistens bekomme ich nur mit, dass sie kurz da gewesen ist, weil ein Berg Wäsche im Bad liegt", sagte er unwillig.

Amelie legte den Kopf in den Nacken, um ihn anzusehen.

Ihre Stirn war gerunzelt, als könnte sie all seine Worte kaum verstehen.

"Das heißt, wenn wir jetzt zu dir fahren, ist sie vielleicht schon wieder weg?"

Dean lächelte; dass sie in Betracht zog, wieder zu

ihm zu kommen, gefiel ihm verdammt gut.

Dennoch musste er den Kopf schütteln. "Ich befürchte nein. Sie wird viel zu neugierig darauf sein, wer du bist, um die Wohnung klammheimlich zu verlassen."

Lächelnd lehnte sie ihren Kopf wieder an seine Brust. "Klingt nach einer sehr interessanten Frau."

"Ich hätte euch lieber nicht zu lange im selben Raum", sagte er. Als Amelie sich ein wenig verspannte, fügte er schnell hinzu: "Sie hat das Talent, jeden, der mir wichtig ist, vor den Kopf zu stoßen oder zu verletzen."

Damit meinte er nicht nur diese Sache mit Amelie vor nicht einmal einer Stunde. Dean konnte sich noch allzu gut daran erinnern, wie sie Thomas das Herz gebrochen hatte. Und sogar mit Jason war sie schlussendlich im Streit auseinandergegangen.

"Scheint kompliziert zu sein", sagte Amelie und klang dabei nicht ganz zufrieden.

"Du wirst sie kennenlernen, dann weißt du, was ich meine. Also … wenn du das willst", fügte er nach kurzem Zögern hinzu.

Amelie nickte langsam. "Nicht heute, oder?"

"Was immer du willst", gab er leise zurück, schob ihren Kopf in den Nacken und küsste sie sanft auf die Lippen.

"Ich hätte dich heute Nacht lieber hier für mich allein", flüsterte sie, legte eine Hand in seinen Nacken und zog ihn zu einem langen Kuss zu sich.

Er würde alles tun, was Amelie wollte. Warum auch immer Lindsey da war, sie musste warten. Amelie war die Frau seines Lebens, sie würde er immer glücklich machen.

9 DER AUFTRAG

DEAN

Er hatte recht behalten. Lindsey war noch da, als er am nächsten Abend zusammen mit Amelie zurück in seine Wohnung kam.

Lindsey sah sogar ungeduldig aus und ein klein bisschen genervt.

"Na endlich!", rief sie aus, kaum dass Dean die Tür hinter ihnen beiden geschlossen hatte.

"Lindsey!", sagte er warnend, doch sie winkte nur ab.

"Ja, es tut mir leid." Sie lächelte ihr schönstes Lindsey-Lächeln und streckte Amelie die Hand entgegen.

"Wir hatten einen schlechten Start, sorry. Ich bin Lindsey."

Nach einem kurzen, fast schon verwirrten Blick auf Dean nahm Amelie die Hand entgegen und schüttelte sie. "Hi, ich bin Amelie."

"Gut, ich will euch Turteltäubchen auch gar nicht lange stören", sagte Lindsey und ging zurück zur Couch, dort entdeckte Dean zwei gepackte Taschen. "Können wir kurz unter vier Augen reden, Dean?", fragte sie dann.

Das kam überhaupt nicht infrage. Amelie war Lindsey gegenüber sowieso schon skeptisch genug, da blieb kein Raum für Geheimniskrämerei.

"Spucks einfach aus, Lindsey."

"Ist was Geschäftliches." Sie druckste herum, ohne ihn anzusehen.

Deans Magen krampfte sich zusammen. Wenn Lindsey so vage blieb, hieß das absolut nichts Gutes. In zwei großen Schritten war er bei ihr und packte sie am Oberarm.

"Was zum Teufel ist los?"

Lindsey schloss die Augen und flüsterte dann hastig: "Ich war in Deutschland, hab da einen ziemlich gut bezahlten Auftrag angeboten bekommen. Sprengung einer IT-Anlage in einem Bostoner Großkonzern. Dreimal darfst du raten, um welche Firma es sich handelt."

Dean ließ ihren Arm los, als hätte er sich an ihr verbrannt.

"Sag mir, dass du nicht angenommen hast!" Sie verdrehte die Augen.

"Natürlich habe ich angenommen. So hatte ich genug Zeit, um hierherzukommen und euch zu warnen. Ich werde das Projekt in vier Tagen als gescheitert erklären, wenn ich irgendwo untergetaucht bin."

Dean schüttelte heftig den Kopf. "Du gehst nirgendwohin. Wir sind verdammt nah dran und du kannst uns die fehlenden Beweise liefern!"

Lindsey schnaubte. "Und dann ins Gefängnis gehen?"

"Sie werden das so für dich regeln, dass dir nichts passiert. Lindsey, bitte! Du bist das fehlende Puzzleteil!"

Sie diskutierten eine Zeit lang heftig miteinander, und er spürte, wie Lindsey nach und nach einknickte. Sie hatte ein gutes Herz, und sie würde ihm schlussendlich helfen, da war er sich sicher.

Er musste sie nur noch davon überzeugen, dass es genau das Richtige für sie war.

Auf einmal stand Amelie neben ihm und hielt ihm ein Handy entgegen. Als er sie fragend ansah, sagte sie: "Dario für dich. Er sagt, er ist in fünf Minuten bei dir, und du sollst die Verrückte bloß nicht wieder gehen lassen."

Lindsey schrie auf und entriss Amelie das Telefon. Dean nahm Amelies Gesicht in beide Hände und küsste sie energisch.

Diese Frau war einfach perfekt. Während er sich noch mit Lindsey gestritten hatte, war Amelie einfach zur Tat geschritten und hatte genau den richtigen Mann angerufen.

Dario hatte Lindsey schon immer perfekt im Griff gehabt.

AMELIE

Sie war hundemüde. Es war bereits mitten in der Nacht. Deans Wohnung war voller Menschen und an Schlaf schien nicht zu denken zu sein.

Dean, der neben ihr auf dem Sofa saß, zog sie noch enger an seine Seite. "Das könnte noch ein bisschen dauern, Kleines", sagte er leise und küsste sie auf die Schläfe.

Die Befürchtung hatte sie auch. Dario hatte eine halbe Stunde mit Lindsey gestritten. Amelie hatte den Iceman noch nie im Leben schreien hören, aber er konnte es durchaus. Dean hatte nur gelacht und gesagt, dass die beiden sich seit Jahren an die Gurgel gingen, wenn sie sich sahen.

Dann waren Ash und Mr. Moreno dazugestoßen. Kurze Zeit später zwei Polizeibeamte und Matthew Fox, der Anwalt von JB-Industrials.

Der Hälfte der Gespräche konnte Amelie nicht folgen. Sie war einfach nur froh, dass Dean da war und sie im Arm hielt, während um sie herum nur Chaos zu herrschen schien.

Er war da, beschützte und behütete sie, genauso wie sie sich in seinen Armen immer fühlte.

"Ist nicht schlimm", antwortete sie, auch wenn sie ihn am liebsten einfach ins Schlafzimmer gezogen hätte, um dieses Chaos auszusperren.

Tracy bombardierte sie seit über einer Stunde mit Nachrichten. Mr. Moreno hatte sie aus dem Bett geklingelt und jetzt musste Amelie ihr alle Vorkommnisse live berichten. Solange sie mit diesem Nachrichtenmarathon noch nicht fertig war, würde sie mit Dean sowieso keine Ruhe finden.

Seufzend tippte sie die nächste Nachricht an Tracy, als Thomas und Anni eintrafen.

"Nicht gerade die beste Kombination", brummte Dean und winkte Dario zu sich.

"Ich weiß", sagte dieser, kaum dass er in Hörweite war. "Aber was soll ich machen? Ich kann im Moment kein anderes Team von der Tagschicht abziehen. Außerdem ist es noch ein paar Wochen hin, bis das Ganze wirklich ins Rollen kommt. Alle anderen haben Familie und du kommst nicht infrage. Lindsey tanzt dir seit über zehn Jahren auf der Nase herum!"

"Tut sie nicht! Wir haben einfach nur eine Lösung, die für uns alle am leichtesten ist!"

Dario schüttelte den Kopf. "Sie hat Narrenfreiheit wie eine kleine Schwester und sie weiß es."

Dann wandte sich Dario an Amelie.

"Vielleicht kannst du ein bisschen aufpassen, dass

Lindsey ihm keinen Blödsinn einredet."

Fragend sah Amelie ihn an, woraufhin Dario nur die Augen verdrehte. "Du bist fast so schlimm wie Nina!"

Dean lachte. "Die bei dir Narrenfreiheit hat!"

Dario zuckte geschlagen mit den Schultern. "Pass einfach auf, dass Dean Lindsey nicht zum Flughafen bringt oder Ähnliches." Dann ging Dario zurück zu den anderen.

"Das würdest du tun?", fragte Amelie ungläubig. Eigentlich hatte sie Dean immer für einen sehr geradlinigen Menschen gehalten.

Dean sah ein klein wenig gequält aus. "Nachdem wir die Sache mit dem Sex erst mal hinter uns hatten, ist sie meine beste Freundin für mich geworden. Und ja, ich hab ihr vielleicht das ein oder andere Mal zu oft aus der Scheiße geholfen, aber ich bin definitiv schlauer geworden."

"Bist du nicht", sagte Thomas, der sich missmutig neben sie setzte.

Dean fing eine ziemlich heftige Diskussion mit Thomas über Lindsey – das Biest – an.

Grinsend lehnte Amelie sich an ihn und genoss seine Nähe, seine Umarmung.

Jason hatte absolut recht. Es war perfekt, dass Dean sich für sie entschieden hatte. Dean beschützte diejenigen, die er liebte, mit Leib und Seele.

Er würde niemals zulassen, dass ihr oder seinen Freunden irgendetwas zustieß, selbst wenn er sich selbst damit Probleme bereitete.

Er würde alles für die Menschen, die er liebte, tun. Amelie war mehr als nur dankbar, dass sie nun zu diesem ganz besonderen Kreis gehörte.

Sie streckte sich und küsste diesen einzigartigen Mann auf den Mund. Fast schon verwundert sah er zu ihr hinab.

"Ich liebe dich", flüsterte sie. Das Lächeln, das sich auf seinem Gesicht ausbreitete, erwärmte ihr Innerstes.

Sanft streichelte er ihre Wange. "Ich liebe dich."

Es fühlte sich an, als wären sie in einer kleinen ruhigen Blase mitten in diesem riesigen Chaos. Als wären sie in ihrer eigenen kleinen Welt, in der es nur sie beide und ihre Liebe zueinander gab.

Perfekter hätte dieser Moment nicht sein können.

--ENDE--

LESEPROBE
FIRE&ICE 8 – JULIEN FOX

1 EIN FREUND

DESTINY

"Komm schon, De. Wir könnten zusammen lernen", sagte Candy, während sie den Tresen in *Netti's Diner* abwischte. Sie mochte Candy. Einer der wenigen Kommilitonen an der University of Applied Science in Boston, bei der es ihr so ging.

Seit Jahren war Destiny Einzelgängerin. Lebte für sich. Lernte für sich. Blieb für sich. Nach einem Zusammenstoß auf dem Schulflur, hatte sie sich nach und nach mit Candy angefreundet und war erstaunt, wie gut sie sich mit der blonden Schönheit verstand.

Die meisten Frauen mieden sie. Oft war Neid der Grund dafür. Dass sie schön war, wusste sie. Nichts anderes hatte man ihr von klein auf eingebläut.

Mit 21 Jahren hatte sie sich natürlich weiter entwickelt, die Reaktionen der Menschen, vor allem Männer, waren aber die gleichen geblieben. Mit knapp 1,65 m Körpergröße, war sie eigentlich zu klein, zumindest für den Geschmack ihrer Mutter, aber für alles was Destiny erreichen wollte, reichte die Größe auf jeden Fall.

Sie war sehr schlank, hatte an den richtigen Stellen dennoch Kurven. Diese Figur verdankte sie mitunter dem Training für ihren Job. Das Hobby zum Beruf zu machen, hörte sich schöner an als es war, aber für sie war es eine gute Gelegenheit ihr Studium zu finanzieren, also sollte es so sein.

Ihre langen blonden Locken hatte sie wie immer zu einem unordentlichen Knoten hochgebunden. Alles andere wäre einfach zu zeitintensiv. Es musste praktisch sein und schnell gehen wie alles in ihrem Leben.

Sie machte sich auch wenig daraus, was andere Leute über sie dachten. Im Gegenteil, je weniger der Rest der Welt mit ihr zu tun haben wollte, desto besser für sie. Umso mehr Zeit blieb ihr, sich den Sachen zu widmen, die sie wirklich tun wollte. Studium und Uni zum Beispiel.

Streber? Definitiv! Nach ihrem Abschluss wollte sie in die Marketingbranche. Bevorzugt in ihrer eigenen kleinen Traumwelt, würde sie eine Trainee Stelle in der Marketing Abteilung bei JB-Industrials antreten. Der Konzern wäre für sie das Nonplusultra und das Karrieresprungbrett schlechthin.

"Könntest du deine Bambiaugen für zwei Minuten von deinem Blatt losreißen und mir antworten?", fragte Candy und sie hörte, wie belustigt diese klang.

Bambiaugen. Sie hasste diesen Ausdruck. Zu oft hatte

sie ihn von den falschen Menschen gehört. Ihre Augen waren dunkelbraun, groß und ausdrucksstark. Dichte, lange, schwarze Wimpern umrahmten sie. Ihre Nase war zierlich und ihre Lippen voll.

Leider verschaffte ihr ein schönes Gesicht nicht immer Vorteile. Gerade bei Professoren wurde man leicht als schönes Dummchen abgestempelt. Das war auch der Grund, warum sie sich selten schminkte. Diesen Effekt wollte sie nicht noch provozieren.

"Ich weiß nicht …"

"Bitte. Ich könnte deine Hilfe wirklich brauchen. Bei mir hätten wir unsere Ruhe."

"Kommt dein Freund dich nicht abholen?", fragte sie, weil sie schon öfter beobachtete hatte, das Candy einen Nachhauseservice hatte.

"Doch, aber er bringt uns dann nur nach Hause. Mittwochs gehen die Jungs immer zusammen aus, damit sie ein bisschen Zeit für sich haben", sagte Candy und lächelte. Sie wirkte alles andere als unglücklich darüber, mal einen Tag ihre Ruhe zu haben.

"Okay", gab Destiny sich schließlich geschlagen und schob ihre Hände in die Ärmel des riesigen braunen Strickpullovers. Diese unförmigen Zelte waren die bequemsten Kleidungsstücke, die sie besaß. Dazu Leggins und Chucks – optimales Lernoutfit!

Kurz vor Candys Schichtende öffnete sich die Tür zum Diner und ihr Freund kam herein. Das Lächeln, das die beiden tauschten immer wenn er sie abholen kam, war sehr liebevoll. Für romantische Menschen sicherlich ein Grund zum Seufzen.

"Hey Baby, Destiny fährt mit zu uns. Wir lernen noch",

sagte Candy strahlend und zog bereits ihre Schürze aus.

"Wer ist Destiny?", fragte Justin und setzte sich auf den Hocker neben ihr.

"Meine Freundin. Neben dir, J", antwortete Candy lachend und ging dann nach hinten, um sich umzuziehen.

Justin drehte den Kopf in Destinys Richtung und reichte ihr dann mit einem charmanten Lächeln die Hand. Kein Wunder, dass Candy und die halbe Uni ihm zu Füßen lagen. Dieses Lächeln war wirklich atemberaubend.

"Hey, kennen wir uns? Ich kann mich nicht erinnern, sorry. Ich bin Justin."

Am liebsten hätte sie 'Ja' gesagt, weil er schließlich fast jeden Tag neben ihr im Diner saß, aber offiziell vorgestellt waren sie einander nicht worden.

"Nein, hi, ich bin Destiny."

"Wow, fast so abgedreht wie Candy", lachte er.

"Ja, wir hatten wahrscheinlich die gleiche seltsame Mom", gab sie zurück.

Das Lächeln auf ihren Lippen strengte sie nicht mehr an. Egal was um sie herum passierte, die Fassade hatte sie immer im Griff.

"Wir können los!", sagte Candy und runzelte die Stirn, als sie zwischen ihnen beiden hin und her sah.

Sie mochte Candys feinfühlige, fast schon empathische Art. Wahrscheinlich war das auch der Grund dafür, dass sie sich überhaupt mit ihr angefreundet hatte. Ihre Gegenwart war einfach sehr angenehm und man musste ihr nie erklären, wenn man seine Ruhe brauchte.

"Er findet meinen Namen komisch", sagte sie und drehte das Lächeln noch eine Stufe höher. Kurz zogen sich Candys Augenbrauen zusammen, dann wandte sie sich augenrollend an Justin.

"Du wirst es nie lernen, oder? Wenn man schon einen beschissenen Namen hat, ist es total ungünstig, wenn man auch noch damit genervt wird!"

Justin gab ihr einen Klaps auf den Hintern und lachte: "Sei nicht so frech, Weib!"

Candys Quieken war für sie absolut untypisch mädchenhaft.

Die beiden kabbelten sich die ganze Fahrt bis zu dem Wohnblock. Sie stiegen aus und Justin begleitete sie noch bis zur Wohnungstür.

"Bis später, Babe", sagte er leise und küsste Candy sanft auf ihre Lippen. Als er sich lösen wollte, stellte sie sich auf die Zehenspitzen, um den Kontakt ihrer Lippen nicht abzubrechen.

Justin lächelte an ihrem Mund, küsste sie noch einmal und richtete sich dann auf. "Bis später. Viel Spaß euch beiden!" Dann wandte er sich ab und joggte die Treppe hinunter.

Seufzend sperrte Candy die dunkle Holztür auf und trat in den schmalen Flur. Destiny folgte ihr in die Wohnung und sah sich neugierig um. Es war ein seltsames Gefühl, aber sie wollte sich darauf einlassen.

"So, dass ist unser Reich", sagte Candy, schlüpfe aus ihren Schuhen und warf die Tasche auf die Couch. "Setz dich, ich hol uns noch Wasser", sagte sie und verschwand durch eine Tür.

Okay. Jetzt wurde es ernst. Eine Freundin. Mal sehen, wie lange so etwas gut gehen konnte.

JULIEN

"Da bist du ja endlich!", rief Julien, als Justin durch die Tür des *Meets* trat.

"Hab Candy noch nach Hause gebracht."

Was auch sonst!

So gern er die beiden mittlerweile auch hatte. Sie waren gerade zu ekelhaft süß miteinander! Ja, er sah, wie sehr sein bester Freund dieses Mädchen liebte, aber oft einmal fühlte er sich einfach wie das fünfte Rad am Wagen. Genau deshalb hatte er sich auch so sehr gewünscht, dass es mit Trish klappen würde. Aber so sehr er sich auch bemüht hatte, sie hatte nur Augen für Logan, den Freund seines Bruders Matthew.

"Wir müssen dringend wieder in den Chase Club. Ich brauche eine Frau." Obwohl er sich nicht sicher war, dass der Club von Trishs Bruder der richtige Ort für die Suche nach der richtigen Frau war.

"Warum?", fragte Justin, als wäre das nicht offensichtlich.

"Weil es mich ankotzt wenn ihr beiden die ganze Zeit am Turteln seid und ich alleine dasitze!"

"Du sitzt nicht allein da. Joey ist auch oft mit von der Partie!"

"Und was sollen wir dann machen? Synchronwichsen, während ihr uns einen Trockenporno bietet?"

Justin verzog angewidert das Gesicht. "Okay, du hast recht!", sagte er ehe die Bedienung ihre Burger brachte.

"Und was stellst du dir vor?", fragte Justin, nachdem er seine ersten Bissen herunter geschluckt hatte.

"Trish!"

"Du weißt, dass sie vergeben ist. Du hast lediglich einen Narren an ihr gefressen, weil dir die Vorstellung von ihr gefällt. Ich glaube nicht, dass dieses Tussi-Kicher-Ding alles ist, was hinter ihr steckt."

Justin hatte keine Ahnung von Trish! "Sie ist perfekt!"

"Julien!"

"Doch! Ich würde meinen rechten Arm für sie geben!", rief er im Brustton seiner Überzeugung.

"Du bist Linkshänder", sagte Justin, ohne auch nur von seinem Burger aufzusehen.

Verdammt! Erwischt.

Plötzlich stockte er. Er hob seinen Blick und musterte Julien, wie er es immer tat kurz bevor irgendeine hirnverbrannte Idee aus seinem Mund kam.

"Ich hab die perfekte Frau für dich!", rief Justin dann aus und bestätigte Juliens schlimmste Befürchtungen.

"Trish?"

"Nein! Candys neue Freundin!"

"Candy hat eine Freundin?"

Auf Justins wütenden Blick hin hob er beschwichtigend die Hände.

"Ich mein ja nur. Wann soll sie denn eine Freundin kennenlernen, wenn du dauernd an ihrem Rockzipfel hängst!"

Okay … falsche Antwort. Sein Blick wurde eher noch finsterer.

"Willst du jetzt was von ihr erfahren oder nicht?"

"Klar, ein Versuch ist es wert", gab er lächelnd zurück. Justins vage Beschreibung ihres Äußeren klang für Julien sehr ansprechend. Mehr hatte er über sie leider nicht zu sagen, da er sie heute zum ersten Mal gesehen hatte.

"Noch ein Bier, bitte", rief Justin der Kellnerin zu. "Willst du heute keins?", wandte er sich dann an Julien.

"Nein, danke, bin mit der Honda da."

Justin nickte. Er wusste genau, dass Julien keinen Tropfen trank, wenn er sein Baby fuhr.

"Und wo kann ich sie treffen?"

Justins Lächeln wurde breit. "Bei uns zu Hause! Sie lernen heute Abend zusammen!"

"Vorzeitiger Abbruch?", schlug er vor.

Die Aussicht auf eine solche Frau war besser, als einen ganzen Abend lang Justins Gejammer darüber anzuhören, was er jetzt alles mit Candy machen könnte. Noch schlimmer, die ständigen Spekulationen, was sie wohl gerade machte. "Klar!"

In Rekordgeschwindigkeit trank Justin sein gerade erst bestelltes Bier. Dann machten sie sich auf den Weg zurück zu ihrer WG.

Vor der Wohnungstür angekommen, hielt Justin plötzlich inne und rieb sich nervös über den Nacken. "Hey, hör mal, wenn du dir nicht zu hundert Prozent sicher bist, was du willst, lass es. Eigentlich will ich Candy das nicht versauen."

"Da kommst du aber früh drauf, Kumpel", sagte Julien lachend.

"Meine Gedanken sind bei: 'Wir fahren zu Candy', hängengeblieben." Justin zuckte entschuldigend mit den Schultern.

"Ich habe schon immer gesagt, dass dich diese Vernarrtheit noch einmal umbringt."

"Julien!"

"Ja, ja, du liebst sie wirklich. Ich weiß!" Mann Gottes, dieser Text hing ihm langsam zum Hals heraus!

"Also dann, reiß dich zusammen!"

DESTINY

Mit Candy zu lernen war effektiver, als Destiny es sich hätte vorstellen können. Eigentlich machte sie alles allein und kam damit auch bestens klar. Indem Destiny die Sachen erläuterte, prägte sie sich aber alles noch viel besser und schneller ein.

Und sie hatte Spaß. Wirklich. Nicht jene aufgesetzte Art, sondern von Herzen.

Destiny konnte sich nicht daran erinnern, jemals einen angenehmeren Menschen kennen gelernt zu haben. Candy war unkompliziert, intelligent und hatte eine sehr schnelle Auffassungsgabe. Die Zeit, die verging, bemerkte sie kaum. Dann hörte sie, wie ein Schlüssel sich im Schloss drehte.

"Warum sind sie schon zurück?", murmelte Candy und sah auf ihre Uhr.

"Hey Babe!", rief Justin vom Flur aus, ehe er zu Candy kam und sie auf die Wange küsste.

Der Mann, der hinter Justin erschien, verschlug Destiny die Sprache.

Dunkelblonde verstrubbelte Haare. Blaugrüne, hellwache Augen, seine Lippen waren nicht allzu voll, sahen dafür aber umso weicher aus. Das schwarze T-Shirt spannte verdammt eng um seinen sehr muskulösen Oberkörper. Wenn man genau hinsah, konnte man sogar leicht die einzelnen Päckchen seines Waschbrettbauches sehen. Seine Taille war schmal und wurde durch die tief sitzende Jeans betont.

Alles in allem eindeutig ein Prachtexemplar von einem Mann.

Lecker!

Dann bemerkte sie seinen Blick. Abschätzend, musternd. Er versuchte herauszufinden, ob sich die Mühe lohnte, sie anzubaggern.

Sie hasste nichts mehr als dieses Bewerten … doch, noch schlimmer war es, wenn die Blicke lüstern wurden. Und immerhin *das* wurden sie bei diesem Mann nicht. Eher nachdenklich … oder was auch immer. Den Finger konnte sie nicht darauf legen.

"Hey Kleine", grüßte er Candy und gab ihr einen Kuss auf die Wange, ehe er zu ihr kam. Er streckte ihr eine Hand entgegen und sagte: "Hallo, ich bin Julien."

"Destiny", sagte sie leise, ignorierte aber seine Hand. Auch wenn es unhöflich war, so ging ihr dieses gezwungene Berühren eindeutig auf die Nerven.

Auch wenn ihr Gegenüber noch so gepflegt aussah, wer garantierte ihr denn, dass er sich tatsächlich die Hände gewaschen hatte, nachdem er das letzte Mal auf der Toilette gewesen war?

Niemand! Also sah sie auch keinen Grund dazu, seine Hand in ihre zu nehmen. Auch wenn sie noch so gern gewusst hätte, ob sie weich oder rau war.

Langsam zog er seine Hand zurück und ließ sich neben ihr auf das Sofa sinken.

Schweigend saßen sie nebeneinander. Nah genug um seine Körperwärme zu spüren. Candy und Justin waren völlig in ihrer eigenen Welt gefangen, also begann sie ihre

Unterlagen zusammen zu sammeln. Es wurde eindeutig Zeit zu gehen. "Jep, und deshalb bin ich so genervt von den beiden", murmelte Julien in die Stille hinein.

Sie wandte ihm ihren Blick zu und lächelte mitfühlend. "Oh ja, das kann ich nur allzu gut verstehen."

Auch er lächelte und seine Augen funkelten dabei vergnügt. Ganz anders, als die Blicke, die er ihr bislang zugeworfen hatte. Anders … gut.

"Gott sei Dank! Ich bin nicht der Einzige, dem dieser Scheiß auf die Nerven geht!"

"Nein", lachte sie und wandte sich wieder ihrer Tasche zu. Sie konnte ihn definitiv verstehen.

"Wie kommst du nach Hause?", fragte er dann.

"Zu Fuß", gab sie zurück und stand auf.

"Du gehst schon?", fragte Candy, die ihre Aufmerksamkeit dann doch für einem Moment von ihrem Freund lösen konnte.

"Ja, muss morgen früh raus. Uni. War nett. Danke!" Für sie selbst überraschend, meinte sie es sogar ehrlich.

"Fährst du sie, Justin?"

"Ich mach das schon, er hat getrunken", sagte Julien und stand auf.

JULIEN

"Ich fahre sie", wiederholte Julien in die plötzliche Stille hinein. Drei Augenpaare sahen ihn musternd an.

"De muss nicht laufen und ich muss euch beiden nicht zusehen oder zuhören", schob er als Erklärung hinterher, bevor die Köpfe der drei zu rauchen beginnen konnten.

Justins Blick war immer noch zweifelnd. Candys

zufrieden. Destiny sah drein, als wäre er ein Hündchen, das einen neuen Trick gelernt hatte.

Mit gerunzelter Stirn ging er zur Haustür. Diese Frau war der Inbegriff von seltsam. Ein Lächeln wie die Geier im Club oder in Talin und trotzdem unhöflich genug, seine ausgestreckte Hand zu ignorieren. Sie hatte ein wunderschönes Gesicht und schlanke Beine, mehr von ihrem Körper konnte er bei diesem Monstrum an Pullover leider nicht sehen.

Sie könnte wirklich viel aus sich machen, ließ sich aber total gehen. Wahrscheinlich rasierte sie sich noch nicht einmal die Beine.

Bei dem Gedanken an lange Haare, die diese wohlgeformten Beine zierten, schüttelte es ihn.

"Du musst mich nicht fahren, wenn es dir sowieso schon kalt ist", sagte sie und musterte skeptisch seine Honda, vor der sie in diesem Moment ankamen.

Kalt, er grinste in sich hinein.

"Passt alles. Steig auf, aber verkratz den Lack nicht ... äh, Turnschuhe."

Klar, warum sollte Öko-De auch Highheels tragen? Bestimmt rochen ihre Haare nach Bier, weil sie keine gekauften Conditioner benutze.

Trishs Haare dufteten immer nach Blumen. Während seines inneren Monologs sah sie ihn unsicher an.

"Du wirst mich wohl oder übel anfassen müssen, wenn du mitfahren willst", sagte er und provozierte sie damit absichtlich.

Sie zog ihre perfekt gezupften Augenbrauen nach oben. Moment ... das passt nicht ins Bild. Vielleicht doch kein Berggorilla ... Ehe er weiter über ihre Körperbehaarung sinnieren konnte, griff sie mit beiden Händen seine Schultern. Ihre Krallen bohrten sich dabei schmerzhaft in seine Muskulatur.

Uff ... klares Statement und stark ist sie auch noch für diese kleinen Händchen.

Unauffällig ließ er seinen Blick zu ihren Nägeln wandern. Frenchlook, auch total unpassend.

"Wolltest du fahren oder soll ich dir einen Termin bei meiner Freundin ausmachen? Sie lernt Nageldesign und sucht immer willige Opfer."

Ausrede. Überleg dir schnell eine Ausrede!

"Ich wollte nur sehen, ob du dich gut festhältst. Nicht dass ich dich noch verliere."

Ihr Griff wurde so fest, dass er sich gerade noch beherrschen konnte, nicht zischend die Luft auszustoßen.

"Besser?", fragte sie und er hörte das Lächeln in ihrer Stimme.

Na warte, du Biest!

"Nein", sagte er trocken, nahm ihre Hände und zog sie auf seinen Bauch. "Besser!", sagte er dann grinsend und konnte sich ihre Miene genau vorstellen.

Bevor sie etwas anderes sagen konnte, ließ er den Motor an und fuhr los. Ihr Griff wurde fester und ihre manikürten Nägel bohrten sich ziemlich weit unten in seinen Bauch.

Sexy!

Warum konnte der Rest dieser schönen Frau nicht genauso hübsch hergerichtet sein wie ihre Hände?

"Nächste Kreuzung rechts", sagte sie, wegen des Fahrtwindes nah am seinem Ohr.

Er konnte die Wärme ihres Atems spüren und ihre

rauchige Stimme sorgte für die passenden Bilder in seinem Kopf. Die Jeans die er trug war zu eng, um irgendein Anzeichen einer Latte verbergen zu können.

"Die nächste links", raunte sie wieder.

Denk an was anderes! Berggorilla, Berggorilla, Berggorilla! Funktionierte. Puh. Öko-Destiny setzte ihn ganz schön unter Strom.

"Der vierte Wohnblock links."

BERGGORILLA!

Vor dem Gebäude angekommen sprang sie sofort von seiner Maschine.

Gut so!

Lächelnd wandte er sich ihr zu, nur um gleich darauf zusammenzuzucken.

Wahh! Kräuterhexe!

Ihre Haare standen wild in alle Richtungen und passten noch besser als zuvor ins Gesamtbild.

"Ähm ... also danke fürs Fahren", stammelte sie und versuchte ihre Haare zu sortieren.

Chancenlos, Babe!, grinste er in sich hinein.

"Kein Ding. Bis die Tage!", sagte er lachend, weil sie so verdutzt drein sah. Was hatte sie denn erwartet? Das er mit zu ihr wollte?

Immer noch lachend, wendete er die Maschine und fuhr zurück in seine Wohnung.

Auf zur nächsten Horrorshow!

Ende der Leseprobe.
Lesen Sie weiter in Fire&Ice 8 - Julien Fox

Für M.,

Danke für all unsere schrägen Chats,
deinen unvergleichlichen Humor und
alle "Wenn ich du wäre, würde ich ..."

Rechtliches, oder was keiner lesen will und trotzdem drin stehen muss …

Es handelt sich bei dem Buch um ein fiktives Werk. Ähnlichkeiten mit lebenden oder verstorbenen Personen, Orten oder Ereignissen sind rein zufällig. Markennamen, die genannt werden, sind Eigentum ihrer rechtmäßigen Eigentümer.
Impressum: Herausgeberin Allie Kinsley, allie.kinsley@web.de. Ladungsfähige Adresse für Deutschland: Allie Kinsley, c/o Marant Business, Studio Delta, Haus B, Angerstr. 40-42, 04177 Leipzig.

10556176R00084

Printed in Germany
by Amazon Distribution
GmbH, Leipzig